LOS NIÑOS DE MI VIDA

GABRIELLE ROY

LOS NIÑOS DE MI VIDA

TRADUCCIÓN DE LUISA LUCUIX VENEGAS

Sensibles a las Letras, 101

Título original: *Ces enfants de ma vie*
Primera edición en Hoja de Lata: junio del 2024

© Fonds Gabrielle Roy
© de la traducción: Luisa Lucuix Venegas, 2024
© de la imagen de la cubierta: *Youngest child of four of rural rehabilitation client,* 1935
    Library of Congress Prints and Photographs Division Washington, D.C.
© de la fotografía de la autora: Éditions du Boréal y Fonds Gabrielle Roy
© de la fotografía de las páginas 222-223:*Gabrielle Roy and Boys of St. Henri*
    Alamy Stock Photo
© de la presente edición, Hoja de Lata Editorial S. L., 2024

Hoja de Lata Editorial S. L.
Camino del Lucero, 15, bajo izquierda, 33212 Xixón, Asturies [España]
info@hojadelata.net / www.hojadelata.net

Diseño de la colección: Trabayadores Culturales Glayíu/Iván Cuervo Berango
Corrección de primeras pruebas: Tania Galán Álvarez

ISBN: 978-84-18918-83-4
Depósito legal: AS 01743-2024
Impreso y encuadernado en Imprenta Mundo, Cambre, A Coruña [España]

ÍNDICE

El texto de la presente edición de *Los niños de mi vida* se ciñe al de la edición del centenario de las *Obras completas* de Gabrielle Roy (Boréal, 2012)

VINCENTO

Cuando repaso, como me ocurre con frecuencia en estos tiempos, mis años de joven maestra en la ciudad en una escuela masculina, revivo, siempre igual de emocionada, la mañana del primer día de clase. Tenía el grupo de los párvulos. Era el primer paso que daban en un mundo desconocido. Al miedo que casi todos tenían se sumaba, en algunos de mis pequeños inmigrantes, el desarraigo, al llegar allí, de que les hablaran en una lengua que les resultaba extraña.

Aquella mañana temprano me llegaron los gritos de un niño aumentados por los techos altos y las paredes resonantes. Me asomé a la entrada de mi clase. Al fondo del pasillo, acercándose como un navío, una mujer gruesa arrastraba de la mano a un niñito chillón. Este, que era minúsculo a su lado, conseguía sin embargo clavar los pies en la tierra de vez en cuando y, tirando con todas sus fuerzas, frenar un poco su avance. Entonces ella lo asía con más firmeza, lo despegaba del suelo y lo arrastraba un buen trecho más. Y se reía de verlo, a pesar de todo, tan difícil de manejar. Llegaron a la puerta de mi clase, donde yo los esperaba esforzándome para parecer serena.

La madre, con un marcado acento de Flandes, me presentó a su hijo, Roger Verhaegen, cinco años y medio, un niñito muy bueno, muy dulce, muy dócil, cuando él quiere —¿eh, Roger?—, y todo esto mientras trataba de hacerlo callar de una sacudida. Yo tenía ya una cierta experiencia con las madres y con los niños, y me preguntaba si esta, por muy fuerte que pudiera parecer, no sería más bien de las que descargaban su falta de autoridad en los demás, amenazando sin duda a diario con: «Ya verás cuando vayas a la escuela; te van a poner más derecho que una vela».

Le ofrecí una manzana roja a Roger, que la rechazó de plano, para arrancármela de las manos justo después, cuando yo no miraba. Los pequeños flamencos no solían ser difíciles de ganar, sin duda porque tras el miedo terrible que les habían inculcado a la escuela, esta solo podía resultarles tranquilizadora. En efecto, Roger se dejó coger de la mano enseguida y conducir a su pupitre sorbiéndose los mocos.

Entonces llegó Georges, un muchachito silencioso, poco expresivo, acompañado por una madre distante que me dio los detalles necesarios en un tono impersonal y se marchó sin sonreírle siquiera a su hijo sentado en su pupitre. Tampoco este demostró mucha más emoción, y me dije que tendría que tenerlo vigilado, que podía estar perfectamente entre los que más quebraderos de cabeza me dieran.

Después, me vi rodeada por varias madres de golpe, con sus respectivos niños. Uno de ellos no paraba de gimotear reprimiendo algunos hipidos. La monótona queja alcanzó a Roger, menos calmado de lo que yo pensaba. De nuevo empezó a sollozar sumándose al niño desconocido. Algunos que hasta ese momento habían permanecido tranquilos se unieron a ellos. En medio de esta desolación tenía yo que proceder a inscribirlos. Y otros niños que seguían llegando, al verse rodeados de lágrimas, se ponían a lloriquear.

Estoy segura de que en ese momento el cielo vino en mi ayuda, enviándome al niñito más alegre del mundo.

Entró dando saltitos, corrió a sentarse en un pupitre de su elección y abrió sus cuadernos riendo de complicidad con su madre, que lo observaba hacer con una alegre emoción.

—No será mi pequeño Arthur quien le dé a usted problemas —me dijo—. ¡Con la de tiempo que lleva deseando venir a la escuela!

El buen humor del niño empezaba a hacer efecto. Algunos niños de su alrededor, sorprendidos de verlo tan feliz, se secaban la cara con la manga y empezaban a mirar el aula con otros ojos.

Por desgracia, perdí terreno con la llegada de Renald, a quien su madre empujaba, abrumándolo con consejos y recomendaciones: «Hay que ir a la escuela para instruirse… Sin educación no se llega a nada en esta vida… Suénate y ten mucho cuidado de no perder el pañuelo… Ni tus otras cosas, que nos han costado muy caras…».

Aquel pequeño lloraba como por un problema que no fuera a resolverse jamás en la vida, y sus compañeros, que no entendían nada de aquella pena, lloraban con él por empatía, salvo mi pequeño Arthur, que se acercó a tirarme de la manga y a decirme:

—Están locos, ¿eh?

Algo más tarde, con treinta y cinco niños inscritos y más o menos tranquilizados, empecé a respirar. Me disponía a esperar el final de la pesadilla, pensando: lo peor ya ha pasado. Veía que las caritas a las que aún me costaba poner nombre me dirigían una primera sonrisa furtiva o, al pasar, una mirada cariñosa. Me decía a mí misma: comenzamos a confraternizar… cuando, de repente, nos llegó del pasillo otro grito de dolor. Mi clase, cuya confianza creía haber ganado, se estremeció al completo, los labios temblorosos, las miradas clavadas en la puerta. Entonces apareció un padre joven con un niñito colgando, y hasta tal punto era este su viva imagen —los mismos ojos oscuros y afligidos, el mismo aspecto delicado— que habrían dado ganas de sonreír si el dolor de la separación no se hubiera reflejado tanto en uno como en el otro.

El pequeño, aferrado a su padre, levantaba hacia él una carita cubierta de lágrimas. En su lengua italiana, le suplicaba, por lo que me pareció, que no lo abandonara, ¡por la gracia del cielo, que no lo abandonara!

Casi tan conmocionado como él, el padre se esforzaba por tranquilizar a su hijito. Le acariciaba el pelo, las mejillas, le enjugaba las lágrimas, lo abrazaba, lo mecía con palabras dulces repetidas una y otra vez que parecían significar: todo irá bien… Ya verás… Es una buena escuela… «Bene… Bene…», insistía. Pero el niño seguía lanzando su desesperada llamada: «¡La casa! ¡La casa!».

Ahora reconocía al inmigrante de los Abruzos llegado hacía poco a nuestra ciudad. Como todavía no había podido ejercer su profesión de tapicero, efectuaba trabajos diversos aquí y allí. Por eso un día lo había visto yo ocupado en layar una parcela de tierra en nuestro vecindario. Me acordé de que lo acompañaba su hijito, que trataba de ayudarlo, y de que, al tiempo que trabajaban, no dejaban, por así decirlo, de hablar para animarse el uno al otro, sin duda; y de que aquel murmullo en una lengua extranjera en medio de nuestros campos me había parecido singularmente atractivo.

Fui hacia ellos con la sonrisa más amplia. Cuando me acerqué, el hijo gritó de espanto y se agarró a su padre con más fuerza todavía, transmitiéndole su agitación. Me di cuenta de que este no iba a serme de gran ayuda. Al contrario, con sus caricias y sus palabras dulces solo conseguía mantener en el niño la esperanza de que terminaría por ceder.

Y, de hecho, el padre se puso a debatir conmigo. Puesto que el pequeño era tan desgraciado, ¿no sería mejor llevárselo a casa por esta vez, volver a intentarlo si acaso por la tarde o al día siguiente, cuando hubiera tenido tiempo de explicarle bien lo que era la escuela?

Los vi pendientes de mi decisión e hice de tripas corazón: «No. Cuando hay que cortar la rama, de nada sirve esperar».

El padre bajó tristemente la mirada, obligado a darme la razón. Trató de ayudarme un poco. Incluso entre los dos, nos costó mucho despegar al niño; en cuanto aflojábamos una mano, se nos escapaba para agarrarse de nuevo a la ropa del padre. Lo curioso era que, aunque se aferraba a él, lo increpaba por haberse puesto de mi parte y lo trataba de desalmado y de canalla entre lágrimas y sollozos.

Por fin el padre se liberó un instante mientras yo sujetaba al hijo a duras penas. Le indiqué que se marchara corriendo. Franqueó el umbral. Cerré la puerta tras él. Él volvió a abrirla con un dedo para señalarme al niño con la mirada diciendo:

—¡Se llama Vincento!

Le di a entender que el resto de los datos podía esperar, pues Vincento casi se me escapa. Volví a atraparlo en el último momento y cerré de nuevo la puerta. Este se precipitó sobre ella al tiempo que se estiraba para alcanzar el pomo. Ahora no gritaba ni lloraba, pues toda su energía la aplicaba en salir de allí. El padre seguía sin marcharse, tratando de ver a través del cristal de la parte de arriba de la puerta cómo se comportaba Vincento y si había indicios de que yo fuera a ponerle fin a aquello. Por su expresión ansiosa, se podría haber dicho que no sabía lo que quería. Y, aún otra vez, el pequeño estuvo a punto de escapárseme ante mis ojos, tras conseguir girar el pomo de la puerta. Entonces le eché la llave y me la metí en el bolsillo.

Nos envolvió un silencio borrascoso que pareció extenderse hasta el padre, al que ya no se oía respirar y cuya mirada agrandada por la sorpresa acechaba cualquiera de nuestros movimientos.

Por el momento, Vincento reflexionaba, sus ojos inmensos analizaban la situación bajo todos los ángulos. De repente, antes de que pudiera verlo venir, se abalanzó sobre mí, pegándome acto seguido patadas en las piernas. Vi las estrellas, pero no se me notó. Entonces, un poco avergonzado de su hijo tal vez o, por el contrario, con la tranquilidad de que sabría defenderse, el padre se decidió a marcharse por fin.

Vincento, dueño de su suerte, pareció buscar con desesperación un plan de ataque, una estrategia; y luego, como si estuviera completamente solo en el mundo, lanzó un terrible suspiro, el coraje lo abandonó, entregó las armas. Ya no fue más que una criaturita rota, sin amigo ni sostén, en un mundo extranjero. Corrió a un rincón a acurrucarse en el suelo, tapándose la cabeza con las manos, hecho un ovillo y gimiendo como un perrito perdido.

Al menos aquella tristeza verdadera y profunda hizo que se callaran al instante mis llorones. Vincento exhalaba su queja en medio de un silencio total. Algunos niños, tratando de captar mi mirada, ponían cara de estar escandalizados como para decirme: «Vaya tela, vaya forma de comportarse». Otros, pensativos, miraban la figurita chafada en el suelo y emitían suspiros a su vez.

Iba siendo hora de distraerlos. Abrí una caja de tizas de colores y las repartí invitando a los niños a acercarse a la pizarra y dibujar cada uno su casa. Los que al principio no entendieron el significado de mis palabras lo comprendieron en cuanto vieron a sus compañeros esbozando cuadrados provistos de agujeros que indicaban puertas y ventanas. Se pusieron a hacer lo mismo con alegría y, según su concepción igualitaria a más no poder, pareció que vivían todos más o menos en la misma casa.

En lo alto de la pizarra levanté un edificio de iguales características a la sucesión de casas dibujadas unas encima de otras. Los niños reconocieron su escuela y se echaron a reír, felices de situarse. Entonces tracé un camino que descendía desde la escuela hasta abajo, donde estaban las casas. Mi pequeño alumno risueño fue el primero en tener la idea de representarse en aquella carretera con un palito coronado por un círculo en el que los ojos quedaban a ambos lados de la cabeza, como suele ocurrir con los insectos. Inmediatamente, todos quisieron estar en la carretera. Esta se cubrió de pequeños monigotes yendo o viniendo de la escuela.

Escribí el nombre de cada uno en un bocadillo por encima de las imágenes. A mi clase le encantó. Unos cuantos disfrutaron añadiéndole a su personaje algún detalle que lo distinguiera de los demás. Roger, que había llegado con un sombrero de granjero de paja, se esforzó mucho en cubrirle la cabeza al palito que lo representaba. El efecto fue el de una enorme y curiosa bola que se desplazaba sobre unas piernecitas minúsculas. Roger se echó a reír tan fuerte como antes había llorado. Una suerte de felicidad comenzaba a alojarse en mi clase.

Eché un vistazo a Vincento. Sus gemidos se espaciaban. Sin aventurarse a descubrirse el rostro, trataba de seguir lo que estaba pasando, que por lo visto lo asombraba mucho, observando por entre los dedos. Sorprendido en un momento dado al escuchar las risas, se olvidó de sí mismo y dejó caer una de las manos. Con una aguda mirada, descubrió que todos tenían su casa y su nombre en la pizarra excepto él. En medio del desasosiego de su carita abotargada y enrojecida por las lágrimas se dibujó el deseo de estar también allí representado.

Me acerqué a él con una tiza en la mano, mostrándome conciliadora.

—Venga, Vincento, ven a dibujar la casa en la que vives con tu papá y tu mamá.

Sus desconcertantes ojos ardientes de largas pestañas sedosas se clavaron en mí. Yo no sabía qué pensar de su expresión, ni hostil ni confiada. Me acerqué un poco más. De repente, se incorporó y, en equilibrio sobre un pie, desplegó el otro como empujado por un resorte. Me alcanzó en plena pierna con la puntera de hierro de su botín. Esta vez no pude reprimir una mueca. A Vincento pareció encantarle. Que siguiera en cuclillas y con la espalda apoyada en la pared no le impedía desafiarme, dándome a entender que entre nosotros solo podía ser ojo por ojo y diente por diente. Tal vez fuera el asunto de la llave lo que me reprochaba tanto. Más que por una pena del alma, ahora parecía movido por el rencor.

—De acuerdo —dije yo—, no te necesitamos —y me fui a ocuparme de los demás niños, quienes, por amabilidad o para quedar bien, incrementaron su afecto.

Así, rápidamente a pesar de todo, pasó la mañana. Cuando les abrí la puerta, los niños, a los que había puesto en fila de dos en dos a lo largo de la pared, empezaron a salir ordenadamente, sin demasiada prisa, algunos retrasándose para cogerme la mano al pasar o anunciarme que volverían por la tarde; nadie salió huyendo, en cualquier caso. Excepto Vincento, que de un salto adelantó a la clase y se escurrió fuera con la presteza del garduño que ve llegar el día de su libertad.

Después del almuerzo, volví a la escuela desanimada. Va a haber que empezar todo de nuevo, me decía. Van a volver llorando, padre e hijo. Otra vez voy a tener que separarlos, echar a uno, pelearme con el otro. Mi vida de maestra se me aparecía bajo un prisma abrumador. Sin embargo, me apresuraba para armarme en previsión de la lucha por venir.

Alcancé la esquina de la escuela. Había allí una ventana, a unos pies del suelo, con un vano muy profundo. Distinguí en él una minúscula forma agazapada en la sombra. Dios santo, ¿sería mi pequeño *desperado*, que había venido a atacarme a cielo abierto?

La forma menuda se aventuró a asomar la cabeza fuera de su escondite. Sí que era Vincento. Sus ojos brillantes me envolvieron con una mirada de apasionada intensidad. ¿Qué estará rumiando? No tuve tiempo de pensar mucho más. Había dado un salto. Se hallaba a mis pies como Viernes a los pies de su amo. A continuación —y hoy todavía me parece imposible lo que consiguió— trepó por mí como un gato por un árbol, ayudándose de las rodillas para rodearme primero las caderas y luego la cintura. Una vez arriba, se me colgó del cuello hasta dejarme sin aliento y se puso a cubrirme de unos enormes besos húmedos que sabían a ajo, ravioli y regaliz. Me dejó las mejillas embadurnadas. Por mucho que le suplicaba sin aliento: «Ya está, Vincento, ya es suficiente…», me abrazaba con una fuerza increíble para un ser tan pequeñito. Y me derramaba al oído una oleada de palabras en italiano que me parecían de cariño.

Para conseguir que me soltara, hube de calmarlo poco a poco, con pequeñas palmaditas amistosas en la espalda, abrazándolo a mi vez. Y, hablándole en un tono afectuoso en una lengua que él conocía tan mal como yo la suya, tuve que tranquilizarlo ante el profundo miedo que parecía tener ahora a perderme.

Por fin me dejó que lo posara en el suelo. Temblaba con aquella gran felicidad ansiosa que se había apoderado de él, muy pequeño todavía para poder soportar su intensidad. Me tomó la mano y tiró de mí hasta la clase, más veloz de lo que yo lo había sido nunca.

Me condujo a la fuerza a mi mesa, eligió un pupitre para sí mismo lo más cerca posible y se sentó allí con los codos sobre el tablero y el rostro entre las manos. Y, a falta de saber expresarme lo que sentía, se dedicó, como suele decirse, a comerme con la mirada.

Sin embargo… pasado aquel día de violencia… después ya no recuerdo gran cosa de mi pequeño Vincento… todo lo demás fundido, sin duda, en una dulzura uniforme.

El niño de la Navidad

Se acercaba la Navidad. Mis pequeños alumnos estaban cada día más nerviosos. Cual oleaje proveniente de todos los lados de la clase a la vez, apenas terminaban de copiar en el cuaderno la tarea de la pizarra, se inclinaban hacia el compañero para susurrarse al oído lo que esperaban que les trajera Santa Claus; o lo que pensaban regalarme a mí, su maestra. Yo había hecho todo lo posible por desalentar aquellos arrebatos de generosidad para con mi persona, que por lo general recaían en los hombros de los padres, pero empezaba a darme cuenta de que un niño afectuoso puede ser más difícil de disuadir que un hombre armado de toda su fuerza.

Mientras que algunos de los alumnos se enardecían, otros, cuyos padres eran muy pobres, se afligían por no tener nada que ofrecerme. Por mucho que yo les repitiera que ser amables conmigo y aplicarse bien en su trabajo eran para mí el mejor de los regalos, no conseguía consolarlos. Y menos aún a mi pequeño Clair, a quien ese año no lograba hacer entrar en razón.

Aquel niño me parecía el alumnito más gentil que había. Hacía cualquier tarea como si su vida dependiera de ello, o más bien como si merecer mi aprobación fuera para él la vida misma.

Mientras los niños estaban ocupados en copiar en el cuaderno el modelo escrito en la pizarra, yo recorría los pasillos parándome a examinar el trabajo de cada uno, y a menudo estaba tan mal hecho que me desesperaba pensando que nunca llegaría a ser buena en mi profesión. Todo cambiaba cuando me asomaba al cuaderno de Clair. Cada día me maravillaba más la bonita y cuidada caligrafía, o incluso simplemente los números, alineados como pentagramas, en grupos compactos, con espacios nítidos entre ellos. Habría podido hacer algo hermoso con solo unas páginas llenas de palitos. Siempre se lo decía, era superior a mis fuerzas, era un poco como si, alabándolo, me tranquilizara a mí misma sobre mis méritos como maestra:

—Pero ¡qué bien trabajas, Clair!

Entonces él, colorado aún del esfuerzo y en tensión, se relajaba y me daba las gracias con una sonrisa tan tierna que yo percibía casi con vergüenza el heroico esfuerzo al que se entregaba diariamente aquel muchachito para obtener una palabra elogiosa de mi parte. Y ni siquiera podía alabarlo como se merecía, debía tener cuidado, pues me daba miedo que los demás se pusieran celosos y fueran a portarse mal con él.

Realmente, era incapaz de encontrarle algún defecto. Era honesto, hábil, inteligente y, además —algo raro en un alumno con talento—, tranquilo. Cuando terminaba sus deberes, mucho antes que los demás, en lugar de hacer ruido o molestar, se quedaba sentado pacientemente, siguiéndome con los ojos, feliz, como si aquello ya fuera para él una recompensa. Y yo también terminé buscándolo a él con la mirada a menudo, imagino que como una recompensa igualmente.

Vestía desde el principio de curso con el mismo traje

de sarga azul marino, reluciente por el desgaste aunque muy limpio, y al parecer planchado con agua y vinagre para atenuarle el brillo, mas el tratamiento ya no ayudaba. Y de repente, un día, me dio la impresión de que el traje estaba nuevo. Se lo comenté a Clair, que me explicó que su madre, al darse cuenta de que el revés de la tela todavía estaba bien, se había pasado el fin de semana dándole la vuelta.

Aquella ropa algo oscura estaba realzada por un cuello camisero blanco abierto que le sentaba bien a su rostro ovalado, entre finos cabellos rubios. Algunos de sus compañeros se habían reído de él a causa de aquella vestimenta, tratándolo de nenaza, de mimado; y el niño, educado con tanta delicadeza, no había parecido comprender el porqué de la burla. Un día, poco después, me topé con una imagen de un coro de los Petits Chanteurs vestidos de negro con cuello plano blanco, y me imaginé que la madre de Clair había podido ver también aquella imagen y haberse inspirado en ella para vestir a su hijo. La recorté y la colgué en la parte delantera de la clase. Desde entonces Clair me pareció menos único en su especie entre nosotros, aunque siempre igual de tímido en su actitud.

Una vez me ocurrió, ¡por desgracia aún lo recuerdo!, que, estando muy cansada, perdí la paciencia por una tontería y la pagué con uno de mis alumnos. El más afligido no fue sin embargo este, sino Clair, a quien vi cara de consternación al dirigirle instintivamente una mirada interrogativa. De modo que, poco a poco, aquel niño se volvió para mí una especie de referencia. Si sus ojos resplandecían de interés, deducía que había llevado bien mi discurso. Si se llenaban de lágrimas, era que había encontrado el tono para emocionarlos. Si se reía a mandíbula batiente con una bonita risa de carillón desgranado, podía estar segura, asimismo, de que había tenido éxito en lo cómico.

Ahora, sin embargo, al aproximarse la Navidad, nada era capaz de animarlo. Si seguía cantando con los demás —porque había que hacerlo—, era sin emoción, y su vocecita triste apenas se distinguía en el coro. Ya no sonreía con los ¡ding, dong, ding! Escribía con el mismo cuidado de siempre en su cuaderno —que su madre le había forrado con papel marrón para que no se le ensuciara—, pero si me asomaba como antes para decirle «Está muy bien, Clair...», parecía que se le avivaba la pena; tanto es así que prácticamente dejé de elogiarlo. Y, al final, hasta trataba de evitar su mirada afectuosa.

Una semana antes de Navidad, los niños ya no se controlaban. Les habría encantado darme una sorpresa, pero les importaba mucho más que yo supiera que la tendría. Petit-Louis estaba casi constantemente pegado a mis faldas, informándome cada día de los progresos que lograba con su padre, de quien esperaba obtener una caja de bombones para mí. «De dos libras, eso es lo difícil», precisaba.

Petit-Louis era hijo de un judío polaco escuchimizado llegado a nuestra ciudad para abrir una de esas pobres tiendas en las que las existencias —por falta de espacio para guardarlas, o por negligencia— se quedan eternamente en el suelo o en una esquina sin ordenar, o colocadas de cualquier manera en los escaparates mugrientos: el chocolate al lado del jabón y los *corn-flakes*. No es que me apetecieran precisamente unos bombones procedentes de aquella tienda, ¡pero cualquiera frenaba a Petit-Louis!

—Mi padre —decía— está a punto de ceder (*give in*) para una caja de una libra. Pero yo no quiero eso. Lo que yo quiero para mi maestra, le he dicho, es una de dos libras.

—Una libra es suficiente. Y ¡shhh! No tan fuerte, Louis. No todos los niños tienen un padre que pueda regalar bombones.

Pero Louis, a su manera, me quería. Moqueando, con una voz quejumbrosa, como entrenada desde siempre para el regateo, proseguía: «Le he dicho a mi padre: si no me das una caja de dos libras te vas a tener que buscar a otro para tus entregas de las cuatro. Yo necesito dos libras». Según él, una libra no estaba a la altura.

Luego Johnny, cuyo padre trabajaba de pocero en verano y se quedaba parado en invierno, se acercó a gritarme «en secreto» que su madre estaba tejiéndome unas pantuflas con los restos de lana de todos los colores que había podido recuperar. Sin embargo, no podía por así decirlo quitarle el ojo de encima, porque rápidamente lo dejaba todo plantado para ir a divertirse.

—Mi madre es una perezosa —me informó—. Ayer lo dejó todo colgado otra vez para jugar a las cartas en pleno día.

—¡Pero bueno, Johnny, no se habla así de una madre!

—¿Y si es verdad? ¿Y si es padre quien lo dice? ¡Una perezosa de aúpa, eso es lo que es mi madre! Pero no pienso dejarla tranquila ni un minuto hasta que no termine «tus» pantuflas.

No se podía negar. En Navidad, mis alumnos de mirada angelical se convertían en unos monstruitos empecinados en sangrar a sus padres con el fin de mostrarse generosos conmigo. Yo los sermoneaba, diciéndoles que estaba muy feo andar atosigando así a los pobres padres, que ya tenían bastante con sostener a la familia… y eso no está bien, Louis… eso no se hace, Johnny… pero era inútil. Louis no paraba de agobiar a su padre y me tenía al corriente:

—Empieza a ceder con la de dos libras, pero todavía no está ganado del todo. Es avaro con sus bombones. Y eso que a él no le costaría nada, teniendo en cuenta que me lo dejaría a precio de mayorista.

Johnny, por su parte, tuvo que confesarme que a su madre se le había perdido la pantufla que había empezado, pero que más le valía que la encontrara o le saldría caro.

—Es una descuidada —me dijo.

—¡Pero, Johnny!

—Es padre quien lo dice.

Incluso mi pequeño y encantador Nikolai se puso a importunar a su madre por mí. La familia vivía en la linde del vertedero de la ciudad, donde había encontrado sin esfuerzo con qué construirse —a base de chapa herrumbrosa, armazones de cama y tablas todavía en buen estado— una cabaña bastante agradable, sobre todo en verano, rodeada de flores y gallinas. Yo conocía el lugar; en septiembre, nada más prendarse de mí, Nikolai no había parado hasta que me hubo arrastrado una tarde, después de clase, a que viera lo bonita que era su casa. Su madre, que cultivaba flores naturales en verano, las fabricaba en invierno con tela fina o de papel para venderlas a bajo precio a los grandes almacenes, que las revendían caras. De aquella cabaña mal calentada salían junquillos tan delicadamente confeccionados que daban ganas de llevárselos al rostro como si fueran flores de verdad.

Anastasia, la madre de Nikolai, ponía a veces en el centro de la flor una gota de perfume.

—Tres flores por lo menos, eso es lo que me gustaría conseguir para ti —me decía Nikolai—. ¿Te parece suficiente?

—Me parece demasiado, Nikolai, vaya, si piensas en el tiempo que emplea tu madre en hacer una sola flor. ¡Y no es que le sobre precisamente!

—Una, entonces —decía él tristemente—. Por lo menos una. Pero no es mucho, una.

—Al contrario. Una es mejor. Se la ve mucho más, solo se la ve a ella.

—Ah, ¿eso crees?

Pero al día siguiente se acercaba a advertirme de que no tuviera demasiada esperanza.

—Sabes, incluso una flor… no es seguro que la tengas… Padre se opone. Está ojo avizor. En cuanto hay flores listas, las coge y corre a venderlas. No las volvemos a ver. Ayer fueron unos bonitos geranios de color rojo intenso los que se fueron para siempre. Si yo pudiera robarte una —me preguntaba haciéndome una caricia— ¿qué preferirías que te robara?, ¿muguete?, ¿una arvejilla?, ¿una lila? A mi mamaíta le salen muy bonitas las lilas. Es lo que mejor se vende. Pero también lo que más tiempo lleva hacer.

—¡Oh, nada, Nikolai! Me partes el corazón queriéndole robar el trabajo a tu madre.

—Puede que no se diera cuenta —decía Nikolai con el cariño que me tenía—. La de veces que le birlo galletas aún calientes y solamente se ríe…

Después de aquellos desahogos y confidencias que en ocasiones me apartaban de las Navidades, fiestas duras para los que aman, me fijaba en Clair. Desde su sitio, no se perdía ni un detalle de aquellas escandalosas demostraciones, sin tratar de participar ni aunque fuera mínimamente, aparte de con la mirada, que clavaba en mí llena de pena para, a continuación, agacharla, como ocurre a veces con la vergüenza.

Sin embargo, me decía yo, él también debe de estar presionando a su madre. Yo no la había visto nunca. Con algunos niños me pasaba que conseguía imaginarme bastante bien a sus madres. Por ejemplo, en cuanto Nikolai se había puesto a hablar de la suya, le cogí cariño. Y sin duda sentía ya inclinación por la de Clair. Pero empezaba a resultarme extraño que todavía no se hubiera dejado ver.

Los días siguientes fueron terriblemente fríos. Varios niños faltaron a clase. Sin embargo, Clair no. Cuando llegué un poco tarde una de esas mañanas, me lo encontré ya sentado en su sitio, estudiando en voz alta la lectura del día.

Se interrumpió y se levantó para saludarme como yo les había pedido a los niños que hicieran con las visitas; sin duda porque, habiendo llegado antes que yo, se creía en la obligación de observar la regla de decoro conmigo. Nos dimos los buenos días y luego volvió a sentarse y siguió con su lectura: *Jack and Jill / Went up the hill…*, con una voz tan triste que hoy todavía la relaciono con la primera gran pena de la infancia de corazón generoso. Lo habría dado todo por quitársela, pero habría tenido que desprenderle para ello del afecto que me tenía, y eso era lo último que deseaba.

Aquella mañana, con poco más de la mitad de mis alumnos presente, habría tenido tiempo de sobra para ocuparme de él en particular, pero no me atreví, y a lo mejor incluso le dediqué un poco menos de atención que de costumbre.

Íbamos a tomarnos unos minutos de recreo cuando vi dibujarse en la parte acristalada de la puerta un rostro dulce de expresión tímida. Fui a abrir. La mujer que tenía delante vestía un abrigo gastado bajo el que asomaba un vestido oscuro, adornado con un cuello tan blanco que lo único que se veía era su exquisita pulcritud. Reconocí el azul de sus ojos, aunque eran algo más pálidos, quizá, como desteñidos por los efectos de la vida. Le tendí las manos.

—¡Usted debe de ser la madre de Clair!

Para agradecerme el haberla reconocido me dedicó la misma sonrisa tierna que su hijito cuando se emocionaba, y luego quiso excusarse por interrumpirme durante la clase. La víspera, me explicó, había lavado las manoplas de Clair, y no habían tenido tiempo de secarse durante la noche. Ahora bien, esta mañana, a la vista del frío extremo que hacía, había tratado de disuadir a Clair de venir a la escuela, pero este no había querido saber nada, se había marchado con las manos desnudas. Y he aquí que la señora de la casa en la que limpiaba hoy, viéndola tan apenada por las manoplas, le había dado permiso para ir a llevárselas a Clair rápidamente.

Me las dio entonces, indicándome que estaban un poquito húmedas todavía, pero que si las colocaba sobre el radiador tendrían tiempo de sobra para secarse de aquí al final del día. Me dijo que me estaría infinitamente agradecida de que le echara un ojo a Clair, que así podría marcharse ella tranquila. Porque, aunque le había recomendado a su hijo que se metiera las manos en los bolsillos, este era capaz de olvidarse o, por ejemplo, de llevarse el cuaderno a casa esa tarde para enseñárselo, y que se le helaran las manos antes de darse cuenta… A esta edad no se fijan en esas cosas, ¿verdad?…

Le dije que le echaría un ojo y que no se preocupara más al respecto.

Estaba a punto de marcharse cuando vaciló y, de repente, tomó la iniciativa de preguntarme si estaba contenta con su hijito, si era obediente y educado. No le podía dedicar mucho tiempo porque tenía que ganarse la vida limpiando casas aquí y allá, y a veces, me dijo, le entraba miedo de que Clair se resintiera por ello y no fuera tan *gentleman* como ella querría.

—¿Caballeroso? ¡Pero si más que él es imposible!

—Ah, ¿sí? ¿De verdad?

Pareció aliviada, aunque su modestia le impedía convencerse de que Clair fuera tan perfecto como yo decía. Sin embargo, le habría gustado creerlo y murmuró:

—¡Si usted lo dice…! ¡Si la que lo dice es usted…!

Era evidente que seguía teniendo un peso en el corazón. De súbito, en el umbral de la puerta, buscando el apoyo de mi mirada, me confió apresuradamente:

—A veces tengo miedo de no hacerlo bien. Estoy criando a Clair sola. Su padre nos dejó.

Le tomé las manos y besé a aquella mujer que sacaba tanta dulzura de su dolor.

Cuando regresé a mi mesa, comprendí que Clair me había visto besar a su madre y que estaba conmovido como nos conmovemos cuando vemos que nuestros seres queridos también se quieren entre sí. Por una vez distraído de su tarea, resplandecía pensando en lo que acaba de pasar, como si degustara con la punta de la lengua la miel que tenía en los labios. Verlo feliz me hacía a mí también completamente feliz. Pero, por desgracia, aquello no duró mucho. La alegría solo consiguió alimentar su pena cuando volvió a encontrársela en una curva del pensamiento.

Entonces pareció más triste que nunca. Le había hecho un pequeño elogio por no sé qué, y estuvo a punto de echarse a llorar. Incluso una mirada amistosa mía hacía que le temblara el labio.

El tiempo se suavizó. Nevó, como tiene que ser en Navidad: con una nieve dulce y abundante para dejarlo todo inmaculado y alegrarles los ojos a mis pequeños alumnos. Nada les gustaba más que venir a la escuela bajo aquellos copos ligeros que trataban de recoger al vuelo con los labios entreabiertos o con la palma de la mano tendida hacia al cielo. Traían consigo el agradable olor de los animalillos de pelaje sedoso que vuelven del frío. A veces encontraba intacto en sus pestañas o en la manga de un abrigo un inmenso copo de nieve en forma de estrella. Lo despegaba con precaución para mostrarle aquella maravilla al niño que fuera. Mis alumnos, con su alegría, me devolvían las alegrías de mi infancia. Para rizar el rizo, yo trataba de magnificar la suya a fin de que los acompañara también a lo largo de toda la vida.

Llegamos a la víspera de Navidad. Era el último día del trimestre. Ese día hacía mi reparto de regalos, más o menos el mismo para todos: un puñado de caramelos, tres o cuatro nueces de Grenoble, una nuez de Brasil, una fruta —manzana o naranja— y un silbato pequeñito de metal o una chuchería semejante.

Unos días antes de Navidad, a las maestras de los pequeños nos gustaba reunirnos después de las cuatro en la clase de una u otra, para envolver nuestros regalos —así disfrutábamos de los hallazgos de la más ingeniosa de nosotras—, empleando de año en año un esfuerzo considerable en envolver con encanto cada uno de los modestos presentes que, para más de un niño, en aquellos tiempos tan duros, eran lo único que iban a recibir.

Para que mis alumnos se divirtieran con el reparto, me había inventado un juego. Y este año de nuevo les conté:

—Me acabo de encontrar con un visitante desconocido. Va a llegar en cualquier momento. Lleva un gran saco lleno de regalos para vosotros a la espalda. Pero a este visitante no le gusta que lo vean. El secreto es su felicidad; el misterio, su amigo. Así que vais a cruzaros de brazos sobre el pupitre, a esconder en ellos la cara y a hacer como si durmierais. Cuidado: no hay que hacer trampas y abrir un ojo. Si el visitante se da cuenta, podría ser que no os dejara nada.

Los niños entraron al trapo. Cerraron los ojos con fuerza. (Un año, tras el reparto, había tenido que despertar a uno de mis pequeños que se había dormido del todo, la cabeza en el pupitre). Saqué los regalos de mi cajonera. Me deslicé por los pasillos con los brazos cargados de regalos y coloqué uno junto a cada cabecita de ojos cerrados.

A continuación, fui a la puerta, la abrí y dije a media voz, como si me despidiera de alguien: «Gracias por haber venido. Se van a poner muy contentos. Gracias de parte de los niños. ¡Buen viaje, amigo! ¡Y hasta el año que viene!».

Cerré la puerta y anuncié a mis alumnos en voz alta:

«Ya está. Ya se ha ido. Mirad lo que os ha dejado el visitante desconocido».

Los niños rompieron en un segundo los conos de papel que yo había tardado horas en confeccionar y adornar con un lazo. Exclamaban ¡oh!, y ¡ah!, tan dados a forzar el tono y el gesto en esa época del año como nosotros, los maestros.

Yo observaba a Clair deshacer lentamente su paquete. Se quedó silencioso, contemplando lo que contenía, y por fin me dirigió una mirada extraña, en la que la gratitud propia de su carácter acusaba más que nada su tristeza de niñito con las manos vacías.

Porque, no hace falta que lo diga, sus compañeros, desde por la mañana y con gran teatralidad, me habían más o menos presentado todos un regalo o algo parecido. Petit-Louis, sin papel de envolver ni nada, tal cual, una caja de bombones de una libra, refunfuñando: «Padre me las pagará. Yo le dije que quería dos libras para la maestra, mira que se lo dije…»; Johnny, unas pantuflas que me parecieron ambas para el mismo pie y tan pequeñas que me pregunté si no serían más bien «las mías para mí» en lugar de «las tuyas para ti»; Ossip, una imagen de la virgen del Perpetuo Socorro que se sacó toda arrugada del bolsillo, tratando de alisarla con la mano, mientras me explicaba que aquella era una señora muy poderosa que concedía casi todo lo que se le pedía… y que daba igual ser vieja, vieja, vieja, ¿no?, si podías darle a la gente lo que quería… Y yo le aseguré a Ossip que, efectivamente, no pasaba nada por ser vieja, e incluso por estar irremediablemente arrugada, si se tenía el don de echar una buena mano a todos en la tierra; finalmente, Tascona, que antes de recibir mi manzana me había regalado la suya, no sin darle primero un «bocadito» en una esquina, si se puede decir así.

La guinda del día, no obstante, había sido la llegada de una especie de gigante de bigotes amarillos con gorro de conejo y botas altas, que traía bajo el brazo un paquete maltrecho del que sacó tres rosas de tallo largo y pequeñas hojas lisas que me puso en la mano para marcharse a continuación sin darme la espalda, saludándome con una reverencia a cada paso y repitiendo: «Anastasia envía… Anastasia envía… y que Cristo recién nacido la bendiga».

Las coloqué en un jarrón estrecho que encontré, del que emergían entre tres briznas de finas hierbas. En el centro de mi mesa, bañadas por un rayo de sol, eran tan parecidas a sus hermanas de verdad que dos de mis compañeras que entraron a decirme algo exclamaron: «¡Te han regalado rosas! ¡Qué afortunada!». Y afortunada era de haber podido percibir en la cara de Nikolai, con la llegada de su padre, una emoción tan grande que creí que la criatura iba a reventar de felicidad.

A partir de ahí estuvo en las nubes, sin hacer otra cosa que contemplar las tres rosas. Solo salió de su ensoñación cuando se acercó a mi mesa a desplazar el jarrón para que a las rosas les siguiera dando el sol.

Luego llegó el momento de separarnos para las vacaciones de Navidad. Los niños, abrigados de nuevo, se habían puesto obedientemente en fila, de dos en dos, a lo largo de la pared, dispuestos a marcharse cada uno con su regalo bajo el brazo. Por las ventanas se veía la nieve arremolinada, que caía sin parar desde hacía dos días. Era un tiempo de tormenta. Como siempre, antes de soltar a mis pequeños en medio del mal tiempo —y, de hecho, con bastante frecuencia a lo largo del invierno—, pasé revista a la clase para asegurarme de que los abrigos estuvieran abrochados hasta el cuello y las bufandas en su sitio; a menudo, en el último minuto, había que ponerse a buscar unas manoplas perdidas. Iba de uno a otro subiéndoles la bufanda, desabrochándoles un abrigo mal abrochado para volvérselo a abrochar, constatando aquí y allá: «Anda, te falta un botón. Hay que pedirle a tu madre que te lo cosa cuanto antes…». Aprovechaba para presentar mis mejores deseos a cada uno y darles las gracias por sus regalos. «Gracias, Petit-Louis, me voy a deleitar con tus bombones. Dos libras habría sido demasiado, te lo aseguro… Gracias a ti y a tu papá… Gracias a ti también, Ossip, por la virgen que lo concede todo, me va a ser muy útil. Gracias, Tony, por tu manzana hermosa y redonda… Gracias, Nikolai, por las rosas. No creo que las deje aburrirse solas en la escuela durante las vacaciones; me las voy a llevar a casa». De alegría, Nikolai me tomó la mano para besármela.

—¿Estás contenta?, ¿eh? ¿Muy contenta? —me preguntó.

—No se puede estar más contenta, Nikolai.

Llegué a Clair. Tenía las pestañas cargadas de lágrimas. Le anudé de nuevo la bufanda de lana azul. Me aseguré de que tuviera las manoplas en su sitio, colgando de los extremos de un cordón de punto que le pasaba por detrás del cuello y le bajaba por el interior de cada manga. Hice que se las pusiera ya y no pude evitar darme cuenta de que se habían vuelto tan finas por el uso que apenas debían de calentar. El niño temblaba mientras me ocupaba de él. Lo cogí por los hombros.

—¿Quieres hacerme el regalo más bonito del mundo? —le dije.

Clair no entendía qué podía yo esperar aún de él, pero, dispuesto como siempre a complacer mi más mínimo deseo, asintió con la cabeza.

—¡Pues bien!, me gustaría que este hombrecito me dedicara una sonrisa feliz.

Me miró desde el fondo de su pena y, mientras le caían dos lagrimones, le floreció en los labios una tierna y adorable sonrisa.

¡Qué tormenta tuvimos de regalo aquel día de Navidad! ¡Una locura! Llenaba el aire de gemidos, cual antiguo desasosiego de inviernos inmemoriales; o tal vez fueran risitas amargas: ¿pero qué seguís esperando todavía? ¡Y seguís y seguís, después de tanto tiempo! ¡Después de tanto tiempo…!

La nieve ya no eran esos copos sueltos, de formas finas, vivos en su efímera belleza, que había podido recoger en las pestañas de los niños, sino una desgraciada perseguida por el viento, que no la dejaba posarse ni un instante siquiera.

Curiosamente, en medio de la tormenta, lo único familiar que permanecía a nuestra vista eran los postes de teléfono que emergían en ocasiones de esta, caminantes altos y escuálidos que no perdían terreno aun siendo el blanco de las ráfagas de viento.

Mi madre, mi hermana y yo estábamos solas. La muerte nos había arrebatado a muchos de los nuestros; y la vida, repartido a los demás a los cuatro vientos.

Mamá se había aproximado a la ventana en varias ocasiones; había mirado afuera y se había quejado:

—¡Con un tiempo así no va a venir nadie!

—¿Quién quieres tú que venga?

Me lanzó una mirada melancólica sin dar explicaciones. Y yo me pregunté qué es lo que una anciana madre que ha perdido casi todo lo que la vida tan abundantemente le ha dado puede seguir esperando de la Navidad.

De hecho, ¿qué es lo que esperamos todos, constantemente decepcionados, siempre dispuestos a empezar otra vez? ¿Al visitante desconocido?

Yo también, sin darme demasiada cuenta, me acercaba a mirar para quejarme de lo mismo:

—Ni siquiera a un gato se dejaría fuera con este tiempo…

De repente, a través de los agudos pífanos del viento, creímos escuchar la llamada apagada del timbre de nuestra puerta.

—Será una trastada del viento —dijo mamá— o el gemido de un cable doblado. Ve a ver de todas formas.

Abrí la puerta. En el umbral sí que había alguien. Un pequeño ser, blanco de nieve y envuelto en tantas capas de lana para protegerlo del mal tiempo que había perdido la forma humana. Bajé la bufanda que le protegía la cara. Sin duda eran los ojos azules de Clair. Y bailaban de contento. Apretado bajo el brazo llevaba un pequeño paquete.

—Entra, rápido. Tienes que estar aterido. Salir con un tiempo así, ¿cómo te ha dejado tu madre? Quítate eso.

Pero antes me tendió el paquetito diciendo:

—¡Feliz Navidad!, y esto es de parte de mamá y mía…

Lo ayudé a quitarse no sé cuántas chaquetas y jerséis. Al final emergió el conocido muchachito con su traje azul como si fuera nuevo y el cuello recién lavado y almidonado. Se sentó en el centro de nuestro gran sofá. Jamás le había visto tal brillo en sus ojos. Le ofrecí un poco de pastel. ¿No? ¿Leche, entonces? Tampoco. Feliz como estaba, era incapaz de contener la impaciencia de verme abrir el paquete que yo guardaba de momento sobre el regazo.

Entonces apareció mamá y se detuvo bajo el dintel de la puerta, impresionada por la imagen del niño entre nosotras. En un día así, a aquella hora, ¿no traía consigo un poco de la infancia de sus hijos, ahora mayores, enfermos o arrebatados por la muerte?

Clair se levantó.

—*Merry Christmas, Mrs. Mother teacher!* —le deseó.

Yo abrí el paquete de envoltorio reciclado, pues los últimos pliegues no coincidían del todo con los más antiguos. Extraje de su caja un delicado pañuelo de lino del que todavía colgaba la pequeña etiqueta verde que atestaba su procedencia de Irlanda. Aunque absolutamente limpio, tampoco era completamente nuevo. Tenía ese suave tono un poco triste del marfil pálido que adquiere la ropa blanca a la larga, aunque se la guarde con el mayor de los cuidados. ¿Dónde, pues, habría estado esperando durante años su curioso destino? Supuse que una de aquellas señoras para las que trabajaba la madre de Clair había podido acordarse la víspera de Navidad de aquel pañuelo olvidado desde hacía tanto tiempo en algún cajón y decirse: «¡Mira, esto me servirá para darle algo a esta pobre mujer!».

—¡Con las ganas que tenías de un pañuelo de lino irlandés! —exclamó mamá.

Me lo llevé al rostro y le dije a Clair:

—Es suave como las nubes.

La felicidad del niño, aunque silencioso, evocaba un vibrante toque de clarín. Ahora sí que estaba listo para comer. Mamá le llevó un pedazo de pastel tan enorme que la reñí: «¿Quieres que se ponga malo?». A lo cual respondió ella: «A su edad, y encima con el camino que le queda por hacer bajo el viento desenfrenado…».

Clair, sentado en medio del sofá, comía educadamente, con el tenedor. Se le había soltado la lengua. Nos contó las bonitas Navidades que estaban pasando juntos su madre y él tras recibir unos regalos de una señora muy amable para la que su madre trabajaba desde hacía algún tiempo. En aquel momento tenían la cena en el horno, cociéndose lentamente. Parecía sin embargo que no se quería marchar. Nosotras escuchábamos como si su vocecita sobrexcitada por el exceso de alegría y de emoción no fuera a cesar nunca. Tuve que recordarle que su madre, seguramente, iba a estar muy preocupada hasta no verlo regresar. Y entonces reconoció que, en efecto, esta le había insistido mucho en que no se demorara.

Lo ayudé a abrigarse de nuevo. Constaté que hoy llevaba dos pares de manoplas, uno por encima del otro: las viejas, que ya le conocía, y unas totalmente nuevas con unos complicados dibujos de colores brillantes. Así recubiertas, las manos de Clair eran dos veces más grandes que al natural. Las abrió para que admirase las manoplas nuevas que llevaba por fuera.

—Es el regalo de mi madre. Me las ha hecho por las noches. Se tarda mucho en tejerlas por las lanas de distintos colores que tiene. Hay que usarlas al mismo tiempo sin que se te enreden.

—Sí, pero no existen otras más bonitas. Sin embargo, el regalo que me has hecho tú es todavía mejor. Además has hecho bien trayéndomelo a escondidas de los otros niños. Podrían haberte tenido envidia.

Clair me abrazó con una penetrante mirada para asegurarse de que no lo decía por darle gusto solamente y, de lo contento que estaba de creerme, pareció tener alas de repente.

Le abrí la puerta.

—Ten mucho cuidado de no perderte. Sigue los postes.

Bajo la bufanda que llevaba subida hasta la mitad de la cara, lo oí reírse y burlarse sin maldad:

—Igual que mamá. Todo el mundo me dice hoy: «Sigue los postes…».

Desapareció en la tormenta, saltando como un cabritillo a través de la nieve enloquecida. Con la mano en alto por encima de la cabeza me hacía gestos de amistad, y yo creía oírlo canturrear: «Hasta pronto… Hasta pronto…».

—¡Así es, hasta pronto, pequeño Clair! ¡Que nos volvamos a ver las Navidades que viene! ¡Y todas las Navidades!

La alondra

Con bastante frecuencia les pedía a mis pequeños alumnos que cantásemos juntos. Un día, en medio de sus voces más bien monótonas distinguí una voz clara, vibrante, sorprendentemente afinada. Mandé callar al grupo para dejar que Nil continuara solo. ¡Qué voz más encantadora! ¡Y cuán inestimable para mí que nunca he tenido mucho oído para la música!

A raíz de aquella vez empecé a pedirle:

—Danos el tono, Nil, ¿quieres?

Él nos lo daba sin hacerse de rogar ni mostrar orgullo; había nacido para cantar como otros nacen para poner mala cara.

Mi banda de pajarillos cantores comenzaba entonces a remolque de Nil, arrastrada mal que bien por este —y enseguida bien en lugar de mal, pues, además de poseer ese brillante talento, parecía que tenía el de poder compartirlo con los demás—. Escuchábamos cantar a Nil y todos nos sentíamos capaces de hacerlo.

La hora del canto en mi aula provocó la envidia de las maestras de las aulas contiguas.

—¿Qué está pasando? Ahora tus clases son un concierto diario.

No había nada que entender, puesto que yo no es que hubiera destacado mucho nunca como profesora de canto.

Nuestro viejo inspector académico se quedó estupefacto en el transcurso de su visita.

—¡Cómo es posible! ¡Sus alumnos cantan mil veces mejor que los alumnos de otros años!

Luego dejó de observarme para pedirme que mandara cantar de nuevo a mis niños, y enseguida supe que se había marchado lejos, de la mano de una feliz ensoñación en la que ni siquiera parecía acordarse de que era inspector académico.

Poco después de aquella visita, recibí la de nuestro director.

—Parece que sus alumnos de este año cantan a las mil maravillas —me dijo medio socarrón—. Tengo curiosidad por escuchar a esos músicos celestiales. ¿Podría pedirles que cantaran para mí?

Nuestro director era un hombre de estatura pequeña, pero que aumentaba considerablemente el tamaño de su copete de cabello dorado peinándoselo hacia arriba, a lo Adolphe Thiers. Su vestimenta, que era la que llevaban los frailes profesores en aquella época, imponía también: una sotana negra y un babero muy blanco.

Les pedí a mis alumnos que avanzaran formando un grupo compacto, con Nil, uno de los más bajitos, prácticamente escondido en el medio. Le hice una breve señal. Dio el tono exacto lo suficientemente alto para que lo oyeran sus vecinos. ¡Como un hilo que hubiera vibrado armoniosamente en alguna parte! Y el coro se alzó con un entusiasmo tan hermoso que yo me decía: el director tampoco se dará cuenta de nada.

En cualquier caso, la socarronería se le borró enseguida del rostro. En su lugar, también en él vi aparecer, para mi gran sorpresa, una expresión de ensueño feliz, cual si hubiera perdido de vista que era un director siempre ocupado dirigiendo su escuela.

Con las manos a la espalda, seguía suavemente el ritmo del canto con la cabeza, y aún continuó escuchándolo de memoria por unos instantes, después de que se acabara.

Pero él sí había reparado en la voz cautivadora. Sacó a Nil de su fila, lo estudió detenidamente con la mirada y le dio una palmadita en la mejilla.

—Mire por dónde —me dijo mientras lo acompañaba a la puerta—, con sus treinta y ocho gorriones de este año ha heredado usted una alondra común. ¿Sabe qué pájaro le digo? ¡Es oírlo a cantar y no hay corazón que no se sienta aliviado!

Supongo que yo misma era todavía demasiado joven para comprender lo del corazón aliviado, pero pronto iba a hacerme una idea.

Aquel día había empezado muy mal, bajo un aguacero de otoño, con los niños llegando resfriados, empapados, gruñones, con enormes pies de barro que rápidamente transformaron el aula en una especie de establo —con la importancia que yo le daba a que estuviera reluciente—. Si me agachaba a recoger un terrón de tierra negra que seguía más o menos intacto, dos o tres pequeños, espiándome con aire malicioso, aplastaban y dispersaban adrede con la punta del pie otros tantos que hubiera entre los pupitres. No reconocía a mis alumnos en aquellos pequeños rebeldes dispuestos a enfrentarse a mí sin motivo, al igual que ellos probablemente tampoco me reconocieran como su querida maestra de la víspera. ¿Qué estaba pasando que nos convertía casi en enemigos?

Algunas de mis compañeras más experimentadas lo achacaban a esos momentos que preceden a la tormenta: los delicados nervios de los niños soportarían mal la presión atmosférica; o también a los días que siguen a un largo periodo de descanso: habiéndole cogido el gusto a la libertad, la vuelta a la escuela tendría para los alumnos el mismo efecto que la entrada en un calabozo. Ya no obedecen a nada, aún más agitados, bulliciosos e imposibles por el hecho de que, en el fondo, los pobres pequeños sienten perfectamente que su revuelta contra el mundo de los adultos no tiene posibilidad alguna de llegar a buen puerto.

Yo sufría a mi vez una de aquellas detestables jornadas en las que a la maestra le parece que solo está en la escuela para servir; los niños, para doblegarse; y toda la tristeza del mundo se instala entonces en ese lugar que a otras horas puede ser tan alegre.

Como el mal tiempo persistía, en vez de salir a ventilar aquel exceso de nerviosismo al aire libre, tuvimos que pasar el recreo en el gimnasio del sótano, donde las pisadas resonaban fuerte sobre el terrazo. Los alumnos se peleaban por tonterías. Tuve que curar labios partidos, narices ensangrentadas…

Y después, acababan de volver del lavabo y ya se estaban levantando de sus pupitres para acercarse a pedirme que los dejara volver a bajar. ¡Imposible dar clase con aquel vaivén! Se iba un niño y volvía otro; la puerta se abría, una corriente de aire se llevaba los cuadernos, que recogíamos cubiertos de barro; la puerta se cerraba de un portazo, otro niño se marchaba. De repente, como ya no podía más, dije: «No. Se acabó. Todo tiene un límite». Salvo que, sin haberlo planeado, como si lo hubiera hecho a propósito, mi «no» recayó sobre el pequeño Charlie, un dulce niño sin malicia a quien su madre purgaba dos o tres veces al año con una mezcla de azufre y de melaza. De vuelta a su pupitre, Charlie no pudo aguantarse mucho tiempo. El olor lo delató a sus vecinos, monstruitos que fingieron escandalizarse y me gritaron desde sus asientos, como si no fuera lo bastante evidente: «Charlie se lo ha hecho encima». Tuve que escribirle corriendo una nota para su madre, a la que sabía vengativa, mientras Charlie esperaba junto a mi mesa con las piernas separadas, lloriqueando de vergüenza.

Las consecuencias no se hicieron esperar. Había pasado una media hora desde que Charlie se marchó cuando el director asomó la cabeza por el cristal de la puerta para indicarme con un gesto que tenía que hablar conmigo. Ya era malo que nos hiciera salir al pasillo. Me dijo que la madre de Charlie acababa de telefonear. Estaba tan furiosa que le había costado mucho convencerla de que no me pusiera una demanda. Por muy descabellado que parezca, eran cosas que pasaban, que hubiera padres dispuestos a llevar a una maestra a los tribunales por menos todavía, y en cuanto a mí, se me acusaba de haber obligado a la madre de Charlie a tener que lavarle de nuevo la ropa, limpia precisamente de la víspera.

Traté de exponerle los hechos a mi manera, pero el director me hizo observar con severidad que más valía dejar que toda una clase fuera al lavabo sin motivo que privar de ello a un niño que lo necesitaba.

Tal vez porque estaba avergonzada de mí misma, traté de avergonzar a los niños por el mal comportamiento que habían mostrado desde por la mañana. No parecieron en absoluto arrepentidos de aquello; más bien al contrario, casi todos se mostraron contentos de sí mismos.

Yo fui a sentarme totalmente desanimada, y el futuro se me echó encima para pintarme los años por venir iguales todos a aquel día. Me imaginé desgastada por el trabajo veinte años, treinta años más tarde, en el mismo lugar de siempre, la viva imagen de mis compañeras «mayores», que me daban tanta lástima que, reconociéndome en ellas, también sentía lástima de mí misma. Ni que decir tiene que los niños aprovechaban mi abatimiento para perseguirse por entre las filas de pupitres y aumentar todavía más el guirigay. Mis ojos se toparon con el pequeño Nil. A pesar de que casi todos sus compañeros estaban desenfrenados, él, sentado en su sitio, trataba de concentrarse en su dibujo. Aparte de cantar, lo que más le interesaba era dibujar siempre la misma cabaña, rodeada de curiosos animales, las gallinas tan altas como las vacas.

Lo llamé, creo que en busca de auxilio.

—¡Nil, venga, ven!

Vino corriendo. Era un muchachito muy gracioso, vestido siempre de una forma curiosamente estrafalaria. Ese día, unos tirantes de hombre apenas adaptados sujetaban un pantalón demasiado ancho cuyo tiro le llegaba por las rodillas. Las botas también debían de quedarle grandes, porque las había oído chascar al acercarse. Con aquella mata de pelo despeinada color paja y la cabeza cuadrada, plana en la coronilla, tenía toda la pinta de un pequeño kulak decidido a instruirse. En realidad, cuando no cantaba, era la última persona de la clase a la que habría podido tomarse por una alondra.

Se inclinó sobre mí con cariño.

—¿Qué quieres?

—Hablar contigo. Dime, ¿quién te ha enseñado a cantar así de bien?

—Mi madre.

Yo ya había reparado en ella una vez, durante el reparto de los boletines de notas: la sonrisa dulce y cohibida, los pómulos salientes como los de Nil, la mirada hermosa y profunda bajo la pañoleta blanca impoluta, una tímida sombra que se marchó al igual que había venido, en silencio. Y es que ¿acaso sabría más de dos o tres palabras que no fueran de su lengua ucraniana?

—¿Entonces te enseña en ucraniano?

—¡Pues, claro!

—¿Conoces muchas canciones ucranianas?

—¡Cientos!

—¿Tantas?

—Bueno, seguro, seguro, diez… doce…

—¿Nos cantarías una?

—¿Cuál?

—La que tú quieras.

Entonces se puso delante de la clase, firme como si le plantara cara al viento, los pies separados, la cabeza inclinada hacia atrás, la mirada, ya penetrante de por sí, transformándosele ante mis ojos infinitamente más que nunca hasta aquella vez —primera en que cantaba en la escuela en la lengua de su madre—, pequeño campesino poseído de repente por la música. Su cuerpo se mecía a un ritmo arrebatador, elevaba los hombros, lanzaba destellos por los ojos y una sonrisa se le dibujaba de repente en los labios algo carnosos, mientras que, alzando la mano en un agradable movimiento, parecía señalarnos un bonito espectáculo a lo lejos. No podíamos hacer otra cosa que seguir aquel gesto para tratar de ver nosotros también el motivo de su felicidad. Yo no sabía qué era mejor: si escucharlo con los ojos cerrados y saborear sin distracciones aquella voz deliciosa u observarlo actuar, tan lleno de vida, tan animado, tan alborozado que parecía a punto de levitar.

Cuando finalizó el placentero canto, nos hallábamos en otro mundo. Los niños, poco a poco, habían ido volviendo a sus asientos por sí solos. Una paz extraña se había apoderado de la clase. Incluso yo había dejado de desesperarme por mi futuro. El canto de Nil le había dado la vuelta a mi corazón como si fuera un guante. Ahora confiaba en la vida.

—¿Sabes al menos de qué trata tu canción? —le pregunté.

—Claro que sí.

—¿Sabrías explicárnosla?

—Habla de un árbol —dijo lanzándose a contar su historia— que es un cerezo en flor. El país de donde viene mi madre está llenito. Este cerezo se encuentra en mitad de un campo. Alrededor bailan unas muchachas que están esperando a sus parejas, que van a venir.

—¡Qué historia más bonita!

—Sí, pero luego es triste —dijo Nil—, porque uno de los enamorados ha muerto en la guerra.

—¡Qué pena!

—No —dijo Nil—, porque eso le dará una oportunidad al que la ama en secreto y es el bueno.

—¡Ah, pues mejor así! ¿Pero dónde ha aprendido tu madre esas canciones, pues?

—En nuestra tierra, antes de emigrar, cuando era pequeña. Ahora dice que eso es todo lo que nos queda de Ucrania.

—¿Y se apresura a pasártelas a esta cabecita para que ahora las conserves tú?

Me observó con gravedad para asegurarse de que había comprendido bien lo que le estaba diciendo, y luego me sonrió afectuosamente.

—No pienso perder ni una —dijo. Y preguntó—: ¿Quieres que te cante otra?

A todo esto, mamá llevaba casi tres meses con la cadera fracturada. Había estado mucho tiempo con un corsé de escayola sin poder moverse. Por fin el médico se lo había quitado y aseguraba que volvería a caminar si perseveraba en el esfuerzo. Mamá se entregaba a ello a diario, pero no conseguía mover la pierna afectada. Hacía una semana o dos que estaba viendo que perdía la esperanza y que la sorprendía en su sillón, junto a la ventana, mirando afuera con una expresión de desazón desgarradora. La sermoneaba para que no creyera que temía por su suerte. Tan viva, tan activa, tan independiente de carácter, ¿qué iba a hacer si se quedaba lisiada? El pavor que había sentido yo un día a permanecer toda la vida encadenada a mi tarea de maestra me permitía entrever lo que podía estar sintiendo ella ante la perspectiva de no volver a levantarse de su puesto de prisionera en la ventana.

Un día se me ocurrió llevarle a Nil para distraerla, porque el tiempo se le hacía «más largo que un día sin pan».

—¿Nil, vendrías a cantar para mi madre, que ha perdido todas sus canciones?

Este tenía una forma de asentir, sin decir palabra, poniendo su manita en la mía como para significar «Ya sabes que yo iría contigo al fin del mundo…», que me llegaba al alma.

De camino, le expliqué que mamá era mucho mayor que su madre y que a esa edad era difícil recuperar la confianza perdida. Todavía me pregunto por qué le daría tales explicaciones a un niño de seis años y medio. No obstante, él las escuchaba con la mayor seriedad, tratando con todas sus fuerzas de averiguar lo que yo esperaba de él.

Cuando mamá, que se había quedado dormida, abrió los ojos y vislumbró junto a ella a aquel muchachito con tirantes, debió de pensar que era uno de los pobrecitos que tantas veces le llevaba para que les hiciera un abrigo o les arreglara uno a su medida, porque me dijo con un poco de amargura —triste, más bien, creo yo— que ya no se encontraba en condiciones de ayudar.

—Vamos, de sobra sabes que ya no puedo coser, como no sea un remiendo menor, a mano.

—No se trata de eso. Es una sorpresa. ¡Escucha!

Le hice una señal a Nil. Este se puso delante de mamá firme como si se plantara cara al viento, y empezó a cantar la alegre canción del cerezo. Mecía el cuerpo, le brillaban los ojos. Una sonrisa le vino a los labios, levantó la manita y pareció señalar al fondo de aquella habitación de enferma ¿una carretera?, ¿un llano?, o alguna vasta región que daban ganas de conocer.

Cuando hubo terminado, observó a mamá, que no decía nada y le rehuía la mirada.

—¿Quieres otra de mis canciones? —propuso.

Mamá, sin decir nada, asintió con la cabeza escondiendo el rostro detrás de la mano.

Nil cantó otra canción y, esta vez, mamá levantó la cabeza, miró al niño sonriente y, con su ayuda, también ella se evadió, alzó el vuelo, sobrevoló la vida soñando.

Aquella noche me pidió que le llevara una robusta silla de cocina de respaldo alto y que la ayudara a ponerse delante para utilizarla de apoyo.

Le hice ver que, si la silla patinaba, podía hacerla caer. Entonces me pidió que colocara un grueso diccionario muy pesado encima para darle mayor estabilidad.

Con este curioso «andador» de su invención mamá retomó desde entonces sus ejercicios. Pasaron semanas aún y yo seguía sin observar ningún cambio. Estaba completamente desanimada. Mamá también, sin duda alguna, porque parecía que había dejado de hacer ningún esfuerzo… Lo que yo no sabía era que, habiéndose percatado de que estaba a punto de conseguirlo, decidió seguir con sus ejercicios a escondidas para darme una sorpresa. ¡Y ya lo creo que fue una sorpresa! Estaba yo de lo más taciturna y abatida una noche cuando la oí exclamar desde su habitación:

—¡Estoy andando! ¡Estoy andando!

Acudí enseguida. Mamá, empujando la silla, avanzaba con pasitos mecánicos como los de una muñeca a la que le han dado mucha cuerda y no paraba de lanzar su grito triunfal:

—¿Ves? ¡Estoy andando!

No estoy diciendo, por supuesto, que Nil fuera un milagro. Pero ¿acaso no avivó la fe vacilante de mi madre en el momento adecuado?

Fuera como fuese, aquella experiencia me dio ganas de probar otra.

El año anterior había acompañado una tarde a una de mis compañeras con un grupo de alumnos suyos a un asilo de nuestra ciudad para que interpretaran una pequeña obra de teatro delante de los ancianos.

De todas las prisiones que el ser humano se forja para sí mismo o tiene que sufrir, ninguna me sigue pareciendo tan intolerable como aquella en la que lo encierra la vejez. Me había prometido a mí misma que nunca volvería a poner un pie en ese lugar porque me dejó profundamente marcada. Pero supongo que, en un año, debí de hacer algún progreso a nivel de compasión, porque se me ocurrió la idea de llevar allí a Nil. Solo él me parecía capaz de reconfortar a los ancianos que había visto encerrados entre las cuatro paredes del asilo.

Hablé con el director, que se lo estuvo pensando y me dijo que la idea era buena… muy buena… pero que antes tendría que obtener la autorización de la madre.

Me esmeré en redactar una carta para la madre de Nil en la que le decía esencialmente que las canciones que se había traído de Ucrania y le había transmitido a su hijo parecían ejercer en la gente de aquí un gran beneficio —como tal vez la habían ejercido en su propia gente—… que ayudaba a vivir… Por ello, ¿me prestaría a Nil para una velada que se terminaría un poco tarde?

Le leí la carta a Nil pidiéndole que se la grabara bien en la cabeza porque tendría que leerla en su casa y traducírsela con exactitud a su madre. Él escuchó muy atentamente y, en cuanto hube terminado, me preguntó si quería que me la recitara al pie de la letra para asegurarme de que la tenía entera en la cabeza y le dije que no era necesario, que confiaba en su memoria.

Al día siguiente, Nil me trajo la respuesta en un pedazo de papel recortado de una bolsa de la compra. Estaba concebida en estilo telegráfico: «Prestamos Nil a los ancianos».

La letra de la firma parecía bordada: Paraskovia Galaïda.

—¡Qué nombre tan bonito tiene tu madre! —le dije a Nil esforzándome para leerlo correctamente.

Y él se partió de risa al oírme pronunciarlo tan mal.

El asilo poseía su propio saloncito de actos, con un escenario al que se subía por un par de escalones, suavemente iluminado por una diabla que lo aislaba de alguna manera del resto de la sala.

Bajo un haz de luz dorada, Nil deslumbraba con sus cabellos color paja y la blusa ucraniana de cuello bordado que le había hecho ponerse su madre. Yo, en realidad, echaba un poco de menos a mi muchachito de los tirantes. En su rostro de pómulos salientes descollaba ya la alegría de cantar. Desde donde me había colocado para poder apuntarle si lo necesitaba, veía la sala tan bien como el escenario, y cualquiera podría haber dicho que allí era donde se representaba el espectáculo de la vida diciendo su última palabra.

En primera fila, un anciano agitado por unos temblores convulsivos semejaba un manzano al que siguieran sacudiendo a pesar de haber dado todos sus frutos hacía mucho tiempo. En alguna parte, se oía el silbido de una respiración como el viento caído en la trampa de un árbol hueco. Otro anciano perseguía su aliento con una angustia mortal. Hacia el medio de la sala, había un hombre medio paralizado cuya viva mirada en el rostro inerte poseía una lucidez insoportable. Una pobre mujer no era más que una enorme masa de carne hinchada. Y sin duda había algunos indemnes, si es que estar irremediablemente chafado, arrugado, encogido o erosionado por algún proceso de una inimaginable ferocidad era representativo allí de la buena suerte. ¿Cuándo es entonces más atroz la vejez? ¿Cuando se ha llegado a ella, como aquellas personas del asilo? ¿O vista de lejos, desde la tierna juventud, que querría morirse ante el espectáculo?

La clara y radiante voz de Nil brotó en aquellas horas finales del día como procedente de la brillante mañana de la vida. Cantó el cerezo en flor, el corro de las enamoradas en la pradera, la expectación de los jóvenes corazones. Con un gesto encantadoramente auténtico, alzaba a menudo la mano y mostraba un camino a seguir… o algún horizonte que, por el brillo de sus ojos, imaginábamos luminoso. En un momento dado, sus labios dibujaron una sonrisa tan contagiosa que saltó del proscenio y se imprimió, dulce y fresca como era, en los ancianos rostros. Cantó la aventura de Petriouchka, presa de sus propias artimañas. Cantó una canción que yo no le había oído nunca, un dulce canto melancólico que trataba del Dniéper que corre sin descanso, arrastrando consigo hacia el mar risas y suspiros, pesares y esperanzas, convirtiéndose todo al final en un mismo torrente.

Ya no reconocía a los ancianos. En la tarde oscura de sus vidas todavía les afectaba aquella claridad de la mañana. El anciano agitado consiguió detener sus temblores durante unos segundos para escuchar mejor. La mirada del paralítico paró de errar, de buscar, de pedir auxilio, orientada para ver a Nil lo mejor posible. Aquel que corría tras su aliento pareció retenerlo con ambas manos apretadas contra el pecho en un gesto de tregua maravillosa. Se veían felices ahora, pendientes todos de los labios de Nil. Y el trágico espectáculo de la sala se transformó en una especie de parodia, los ancianos alborotados como niños, unos dispuestos a reír, otros a llorar, de tan intensamente como volvían a encontrar en su interior el rastro de lo que habían perdido.

Entonces me dije que al final era demasiado cruel y que nunca más llevaría a Nil a cantar para recordar la esperanza.

No sabría decir cómo se extendió la fama de mi pequeño sanador de los males de la vida sin publicidad alguna, pero pronto me lo reclamaban de todas partes.

Un día, el director me indicó por el cristal de la puerta que tenía que hablar conmigo.

—Nos piden a nuestra pequeña alondra ucraniana de un hospital psiquiátrico —me dijo—. Esto es serio, y exige reflexión.

Sí que lo era; sin embargo, una vez más y como en contra de mi voluntad, mi decisión estaba tomada. Si Paraskovia Galaïda me daba su consentimiento, iría con Nil a ver a los «locos», como se los llamaba entonces.

Ella me lo dio enseguida. Me pregunto si se preocupaba aunque fuera de saber a dónde íbamos. Sin duda confiaba tanto en mí como Nil.

En donde los enfermos mentales también había un salón de actos con un estrado, pero sin diabla ni candilejas para separar mínimamente un lado del otro. La misma luz monótona y apagada lo bañaba todo. Si el mundo de la vejez del asilo me había recordado al último acto de una obra que acaba de forma trágica, este se me asemejó a un epílogo gesticulado por unas sombras más allá de una especie de muerte.

Los enfermos estaban sentados en dóciles filas, apáticos la mayoría de ellos, los ojos taciturnos, jugueteando con sus pulgares o mordisqueándose los labios.

Nil hizo su entrada en la estrecha plataforma del escenario. Una corriente de sorpresa se manifestó en la sala. La aparición maravillosa que constituía un niño en aquel sitio bastó para que algunos de los enfermos comenzaran a ponerse nerviosos. Uno de ellos, completamente sobrexcitado, lo señalaba con el dedo movido por una especie de desconcierto alegre, como para que los demás le confirmaran lo que veían sus incrédulos ojos.

Nil se plantó frente a la sala separando los pies, un mechón de pelo cayéndole sobre la frente, y esta vez puso los brazos en jarra porque iba a comenzar por *Kalinka*, que su madre acababa de enseñarle y cuyo ritmo endiablado plasmaba con una fogosidad adorable.

Desde que sonaron las primeras notas se estableció un silencio como el del bosque que se recoge para escuchar a un pájaro de una rama lejana en alguna parte.

Nil se mecía, poseído por un entusiasmo irresistible. Tan pronto esbozaba un gesto dulce como tocaba las palmas con ímpetu. Y siempre aquel silencio como de adoración.

Terminada *Kalinka*, Nil dijo unas palabras para explicar, tal y como yo le había enseñado a hacer, el significado de la canción siguiente. Y todo aquello, de la manera más natural, con la misma despreocupación que si hubiera estado en la escuela entre sus compañeros. Luego se zambulló de nuevo en la música como si no se saciara nunca de cantar.

Los enfermos jadeaban ahora suavemente al unísono, como un gran animal afligido que presintiera desde la sombra su puesta en libertad.

Nil pasaba de una canción a otra, una triste, una alegre. Cantaba sin fijarse en los locos más de lo que se había fijado en los ancianos, la enfermedad, la pena y los tormentos del cuerpo y del alma. Cantaba sobre el dulce país perdido de su madre que esta le había dejado a su cargo, sobre la pradera, los árboles, el caballero solitario avanzando a lo lejos por la llanura. Terminó con aquel gesto de la mano del que yo no me cansaba nunca, que siempre indicaba una especie de camino feliz al final de este mundo, al tiempo que golpeaba el suelo con el talón.

Entonces creí que los enfermos iban a tirársele encima. Cuando bajó del pequeño estrado, los de las primeras filas trataron de alcanzarlo. Los de detrás empujaban a los de delante para conseguir tocarlo también. Una enferma lo agarró del brazo y lo atrajo hacia su pecho. Otra se lo arrancó a esta para besarlo. Todos querían hacerse con el niño maravilloso, atraparlo vivo, impedir a toda costa que se marchara.

Él, que había aliviado tanta tristeza sin sospecharlo, se asustó a la vista de la terrible felicidad que acababa de desencadenar. Sus ojos espantados me pidieron auxilio. Un guarda lo liberó con delicadeza del abrazo de una enferma que lloriqueaba:

—Niño, ruiseñorcito, quédate aquí, quédate con nosotros.

—Es el hijito que me robaron hace mucho tiempo —lloraba otra en medio de la sala, reclamándolo—. ¡Devolvédmelo! Devolvedme mi vida.

Lo recibí todo tembloroso en mis brazos.

—Venga, ¡se acabó! Los has hecho demasiado felices, eso es todo, ¡demasiado felices!

Nos bajamos del taxi para seguir a pie hasta la casa de Nil. Él parecía haberse olvidado de la desagradable escena del hospital y enseguida lo único que le preocupó fue guiarme, porque tan pronto como dejamos la acera, yo ya no sabía dónde pisar.

Estábamos a primeros de mayo. Había estado lloviendo mucho varios días seguidos y los campos a través de los que me conducía Nil no eran más que barro con algunas matas bajas de arbustos espinosos aquí y allá en los que se me quedaba enganchada la ropa. Más que ver aquel extraño paisaje, lo adivinaba, porque por donde íbamos ya no había farolas. Ni siquiera un camino propiamente dicho. Simplemente una especie de sendero difuso en el que el barro aplastado formaba un fondo un poco más firme que en otras partes. Serpenteaba de cabaña en cabaña, cuyas ventanas débilmente iluminadas nos orientaban un poco. Esto a Nil parecía que no le hacía ninguna falta, pues avanzaba por aquella penumbra con la seguridad de un gato, sin mojarse siquiera, saltando con facilidad de un terrón más o menos seco a otro. Al cabo de un rato nos vimos al borde de una extensión de barro blando que rezumaba agua como una esponja. Para atravesarla, unas tablas tiradas aquí y allá formaban una acera zigzagueante, que a veces se interrumpía. De hecho, la distancia entre ellas era invariablemente mayor que la de una zancada. Nil la franqueaba de un salto y luego se volvía y me tendía la mano, animándome a tomar impulso. Estaba contentísimo de llevarme a su casa, y seguramente no quedaba sitio en aquel niño feliz para sentir que yo pudiera tenerle lástima por vivir en aquella zona de desheredados. Es verdad que aquel barrio de chabolas ejercía un curioso atractivo bajo el alto cielo estrellado, con sus cabañas de espaldas a la ciudad, orientadas hacia la pradera, que se adivinaba vasta y libre. A bocanadas nos llegaba sin embargo un olor fétido que estropeaba la brisa primaveral. Le pregunté a Nil de dónde provenía y al principio, supongo que de tan acostumbrado como estaba, no comprendió a qué olor me refería. Cuando se dio cuenta, señaló con el índice una larga masa oscura que ocultaba el horizonte a nuestras espaldas.

—El matadero —dijo—, debe de ser el matadero que apesta.

Ya habíamos cruzado la charca fangosa y estaba claro que aquella noche no iba a parar de reservarme sorpresas, porque el desagradable olor dio paso súbitamente a ese otro tan sencillo y placentero de la tierra mojada. Luego me alcanzó el perfume de una flor. Nos acercábamos a casa de Nil, y se trataba del poderoso olor de una maceta de jacintos que, colocada fuera, a un lado de la puerta, luchaba casi en igualdad de condiciones contra los últimos efluvios del matadero. Unos pasos más aún y reinó solo ella. Al mismo tiempo, de un estanque cercano emanó el croar victorioso de unas ranas.

Paraskovia Galaïda debía de estar acechando nuestra llegada. Salió presurosa de una cabaña hecha sin duda también de viejos trozos de tablas y otros residuos. Bajo el resplandor de la luna creciente que se filtraba entre las nubes me pareció no obstante de una blancura sin igual, limpia y tersa como si la acabaran de encalar. La rodeaba una valla cerrada por una cancela que, por lo que pude juzgar, no era otra cosa que un cabecero de cama de hierro colocado sobre unos goznes sujetos a un poste. Los oímos chirriar cuando Paraskovia Galaïda abrió precipitadamente la puerta para recibirnos en la perfumada parcela. La luz especial que había esa noche reveló la limpieza rigurosa de todo lo que allí había, incluso la singular cancela, encalada a su vez.

Paraskovia me tomó de las manos y, caminando de espaldas, me condujo hacia la casa. Delante de la misma había un tosco banco de madera. Me hizo sentar entre Nil y ella. Al instante, el gato de la casa surgió de entre las sombras y se subió de un salto al respaldo del banco, en donde se sentó haciéndose un hueco hasta formar parte del grupo, ronroneando con la cabeza entre nuestros hombros.

Por medio de Nil, traté de darle a Paraskovia Galaïda aunque fuera una idea de la alegría que las canciones de su niño habían aportado a tanta gente ya, y ella, por medio de él, intentó darme las gracias por no sé muy bien qué motivo, en realidad. Pronto renunciamos a dar rienda suelta a nuestros sentimientos con palabras, y nos quedamos escuchando la noche, mejor.

Entonces me pareció que Paraskovia Galaïda le hacía una señal a Nil. Con los labios cerrados, le dio el tono, un poco a la manera en la que él mismo lo daba en la escuela. Se oyó brotar una delicada vibración musical de la garganta un momento. Y luego, sus voces arrancaron, una un poco dubitativa al principio, pero pronto arrastrada por la más segura. Así, se alzaron y se afinaron en pleno vuelo en un canto extrañamente hermoso, que era el de la vida vivida y el de la vida del sueño.

Bajo la inmensidad del cielo, te atrapaba el corazón dándole vueltas y vueltas como lo habría hecho una mano, antes de soltarlo con delicadeza en el aire libre, por un instante.

Demetriov

I

Cuando todo iba bien a la hora del recreo en el gran patio de la escuela, con los niños jugando al sóftbol, en las barras fijas, en los columpios o simplemente corriendo en libertad, a veces las maestras de los cursos inferiores nos paseábamos las seis juntas, tres andando hacia delante, tres reculando, sin dejar de mirarnos hasta el final del recorrido, donde invertíamos el orden, y, entre gracias y bromas, disfrutábamos casi tanto como nuestros alumnos.

Esos días, la vigilancia era fácil. El buen humor de los niños nos eximía, por así decirlo, de ello. Nos divertíamos de lo lindo. Y no cabe duda de que, a cualquiera que se hubiera detenido a observarnos en medio de la acera a través de la malla de la alta alambrada metálica, nuestro mundo le habría parecido un universo aparte, protegido, a salvo, la garantía de mañanas felices. Y no cabe duda de que aquello era verdad en parte, pero vaya si no anunciaba también, a veces, desgracias por venir, taras depositadas en jóvenes vidas inocentes por una herencia funesta.

Tres andando hacia delante, tres reculando, pero el semblante serio esta vez, comentábamos eso entre nosotras y lo imposible que era en ocasiones actuar contra el mal o la desgracia acumulada en un solo ser.

—De verdad que ya no sé qué hacer con mi Demetriov —se había quejado Anna amargamente—. ¡Hace tres meses que me desafía, cruzado de brazos!

—No te quejes tanto —la aconsejó Léoni—. El mío los ha descruzado y ahora le pega a todo el mundo.

—¿Qué edad tiene tu Demetriov? —preguntó Anna.

—Once años.

—El mío solo tiene diez —dijo Anna—, pero su cara denota sesenta años de artimañas y cabezonería estúpida. De verdad que ya no sé qué hacer. ¿Y tu Demetriov? —preguntó a Gertrude—. ¿Qué pinta tiene?

—La de un Demetriov, ¡qué quieres que te diga! Ocho años solamente y ya es un Demetriov de la cabeza a los pies… Por cierto, ¿los vuestros también se muerden las uñas hasta hacerse sangre? Y ¿podéis decirme de dónde les viene esa piel tan morena que tienen todos y ese olor… ese olor que apesta la clase entera?

—De la curtiduría del padre Demetriov —nos informó Denise—. ¿Nunca habéis ido por allí, por su trocito de calle? Si es que a eso se le puede llamar calle. A cinco minutos de distancia ya se te pega el olor a la garganta. De sobra para asfixiarte. La curtiduría es una especie de agujero oscuro en el que se oye rugir el agua y se distingue a los niños Demetriov, negros como demonios, agitarse bajo las palabrotas del padre. En cuanto a la madre, está siempre impasible en el umbral de la puerta de la cabaña de al lado, y se la ve limpia, lo cual me hace pensar que a lo mejor los Demetriov se lavan más de lo que creemos. Pero ¡cómo queréis que se les note! Dos minutos después el olor se les ha vuelto a pegar al pelo y a la piel. No me extrañaría que el color les venga también de vivir en medio de las emanaciones del cuero en remojo.

—Está claro —retomó Gertrude—, que quien ha visto a un Demetriov los ha visto a todos. Todavía quedan dos o tres de los mayores rezagados en las clases de los frailes. Dieciséis… ¡diecisiete años, tal vez! Les pones a uno de los pequeños al lado y es exactamente la misma cara, solo que un poco menos terca. Nunca he visto a unos niños salir tan idénticos al molde original.

—¿No pasan de curso? —pregunté yo.

Todas me miraron asombradas de que se me hubiera ocurrido formular la pregunta.

—No ha habido un solo Demetriov —me informó Léoni— que haya pasado de curso nunca. Cuando a una maestra le toca uno de ellos por segundo año consecutivo y ya no puede más, fuerza la nota, le da un aprobado y se lo endosa al curso superior. El director hace la vista gorda. Sabe que no hay manera.

—¿Entonces no aprenden nada?

—Casi nada.

—¿Por qué? ¿Son duros de mollera?

—No, nadie diría que fueran duros de mollera —dijo Léonie—, sino que, para empezar, cuando nos llegan, solo hablan ruso… una especie de ruso… Y luego, el padre se los queda trabajando durante semanas cada vez que le conviene, y de repente un día los manda de nuevo a la escuela de una patada en el trasero. No, no son duros de mollera, sino tercos como mulas y se diría que empeñados en demostrarle a su padre que no están hechos para la escuela.

—Un poco sí que aprenden, todo hay que decirlo —intervino Denise—. El fraile Henri, que tiene al segundo o al tercero de los mayores, afirma que ese sabe leer y escribir… cuando le place.

Yo, que estaba en mis primeros años de joven maestra,

no salía de mi asombro escuchándolas hablar de tantos Demetriov.

—¿Se puede saber cuántos hay en esta escuela? —pregunté.

—¿Cuántos Demetriov?

Léonie se quedó pensativa.

—Yo sé que, por mi parte, voy por el quinto. Sí, hijas mías, mi quinto Demetriov, y el director me dice que deberían condecorarme de alguna manera por ello. Hay uno o dos de los mayores que no han pasado por mis manos. Y otros más pequeños que tendré algún día… ¿Cuántos hay? ¿Alguien sabe cuántos Demetriov hay en total?

En ese momento se hizo un extraño silencio y las miradas de mis compañeras se dirigieron hacia mí con incredulidad, abriéndose paso en cada una de ellas la idea de que a mí no me había tocado ninguno.

—¡Ningún Demetriov!

La exclamación sonó en todos los tonos posibles, hasta con amargura, por el hecho de que yo fuera la única que se había librado.

Al final, Léonie resumió sabiamente la situación.

—Algún día se tenía que parar la máquina.

—Pero solo para ella —se quejaba Gertrude, señalándome con el dedo sin podérselo creer.

Anna, por su parte, seguía nerviosa, crispada. Apasionada y joven institutriz, se culpaba severamente si no conseguía hacer que todos y cada uno de sus alumnos aprobara el curso.

—Lo he intentado todo —nos dijo con aire desanimado—. Solo me queda escribirle al padre, hacerlo venir…

—¡Hacer venir al padre Demetriov! Sería lo peor que… —comenzó a protestar Léonie.

Pero sonó la campana, llamándonos a todas a la cabeza de nuestras clases.

¿Se habrían evitado las terribles consecuencias de aquella idea si Anna hubiera podido escuchar el consejo de Léonie hasta el final? No es seguro. En sus comienzos de la vida y de la enseñanza, Anna estaba aún firmemente convencida de que con las palabras podían superarse muchas dificultades. Léonie, más experimentada, aseguraba que muchas veces era mejor dejarlo estar.

Sin embargo, Anna fue incapaz de dejarlo estar. Al día siguiente no la vimos en el recreo. Se decía que había sufrido un ataque de nervios. En la escuela corrían todo tipo de rumores. La policía, avisada por el director, habría venido la víspera a constatar las heridas infligidas por Demetriov padre a Demetriov hijo. Contaban que la misma Anna, al intentar interponerse entre ambos, había recibido un puñetazo en la mandíbula.

Solo al cabo de dos días, de vuelta al trabajo, muy pálida y nerviosa todavía, nos contó lo que había pasado. Resulta que había escrito al padre Demetriov para rogarle que acudiera a la escuela para hablarle de Iván y de los quebraderos de cabeza que le daba el muchacho. Para asegurarse de que la carta llegara correctamente a su destino, se la había confiado al Demetriov de la clase de al lado, Igor, insistiéndole en que se la diera a su padre en persona y confiando en que así lo haría, porque los hermanos, adiestrados para la delación, tenían tendencia a asestarse golpes bajos entre ellos. Sabiendo eso, nos preguntábamos cómo podía Anna haberse decidido a llegar a ese extremo, y ella nos confesó que, una vez enviada la carta, y a pesar de seguir creyendo en la virtud de las explicaciones cara a cara, se había sentido, en efecto, llena de aprensión.

Al día siguiente, por la mañana temprano, cuando estaba terminando de escribir en la pizarra la lección de gramática del día, se había hecho un silencio tan inhabitual a su espalda que hubo de darse la vuelta de golpe hacia su clase. Iván, con los brazos descruzados, miraba el rostro que acababa de divisar tras el cristal de la puerta, expresando en el suyo un terror innombrable.

—Se puso lívido —nos explicó Anna—. Ya sabéis lo morenos que son los Demetriov, que una no sabe si es su verdadero color o producto del tratamiento que se le da al cuero, que termina cociéndoles la cara también. El caso es que una palidez muy profunda, que venía de lejos, conseguía perforar aquella tez morena y aflorarle sobre todo alrededor de la nariz, que se le encogía de terror.

Aquello la había conmocionado tanto que quiso echar al visitante. Pero, ¡cómo hacerlo! Tras tocar brevemente a la puerta con los nudillos, había entrado sin esperar respuesta.

—¡Cómo no reconocerlo a primera vista! —nos dijo Anna—. Está claro que es el molde del que han salido nuestros pobres niños Demetriov. Un ser diminuto, acartonado, los ojos como rajados en la oscura máscara del rostro, pero tan brillantes, crueles y penetrantes que te subyugan. Y si creéis que los niños huelen a la curtiduría, tendríais que haber olido al padre. Y eso que iba limpio, vestido con un traje totalmente decente. Incluso me parece que llevaba corbata, y no estoy segura de si no llevaba un sombrero en la mano. De lo que sí estoy segura es de que, en la otra, esgrimía mi carta. Me la desplegó encima de la mesa para que la viera bien, como si no la hubiera escrito yo. Por su forma de fingir, vi que no sabía leer. Pero le habían tenido que mostrar el pasaje que debía recordar porque plantó uno de sus gordos dedos torcidos y manchados bajo las cuatro palabras «*Iván gives me trouble*».

»—*So!* —me preguntó— ¿*Iván is trouble?*

»Por mucho que traté de rectificar, de minimizar los fallos de Iván, de borrarlos incluso por completo, el hombre me fulminaba con sus furiosos ojos achinados, no dejaba de acorralarme:

»—*Did you write, did you not write: Iván is trouble?*

»Yo asentí un poco con la cabeza.

»—*A little. Just a little trouble.*

»—*So!* —gritó el hombre, que ya no me escuchaba. Se había vuelto hacia la clase y llamaba a Iván—: *Come here, you... trouble!*

A Anna le llevó tiempo reconstruir la escena que siguió después, pues esta había sucedido, más o menos, bajo los efectos de la locura. El niño, ni siquiera capaz de buscar auxilio a su alrededor, había acudido a la llamada de su padre. Este lo había empuñado por una oreja y arrojado contra la pared, donde rebotó, agarrándolo de nuevo el padre para estrellarlo contra el muro.

Iván no protestaba ni trataba de defenderse. Pronto empezó a sangrar por la nariz y por la boca. Anna había tratado de intervenir. De una patada, Demetriov padre la había mandado a paseo, así que había urgido a un niño a ir en busca del director. Ni siquiera la llegada del fraile, tan llamativa, con su sotana negra y su babero blanco inmaculado, impuso lo más mínimo a Demetriov. Seguramente no sabía que estaba tratando con la distinguida persona del director. Lo apartó como si nada, al igual que había apartado a Anna. Y agarrando a Iván por la misma oreja medio arrancada, siguió chocándolo contra la pared. Entonces, con calma, el director ordenó a la clase que se levantara y se interpusiera en masa entre Iván y su padre. Al verse delante de todos aquellos niños alzados entre su hijo y él, el hombre perdió de repente el control de la situación. Se desinfló con la misma celeridad con la que se había mostrado al atacar, tan seguro y tan pérfido.

—Fue sorprendente —dijo Anna—. De pronto, teníamos delante a un hombre de nada, con un aspecto de lo más inofensivo del mundo, paticorto, un tipejo oscuro y triste, una vez apagado el fuego de sus pequeños ojos de piedra.

El director le puso la mano en el hombro y Demetriov padre lo siguió dócilmente. Le había llegado el turno de dejarse manejar. La policía, acompañada de un médico, vino a constatar las heridas de Iván. Al niño lo llevaron al hospital; y al padre, a lo que hacía las veces de calabozo en el sótano del ayuntamiento. El magistrado ante el que lo juzgaron al día siguiente estaba a favor de una pena severa: tres meses de prisión. ¿Pero quién proveería para las necesidades de la tribu Demetriov durante ese tiempo? La madre, siempre plácida, testificó en descargo de su marido. Que ella supiera, él nunca había castigado a los niños más de lo que se lo merecían. Aquello fue lo que afirmó a través de las palabras del intérprete. El mismo Iván, aterrorizado o insensible, sostuvo que era la primera vez que su padre le pegaba tan fuerte. Así ocurrieron las cosas. El padre volvió a su curtiduría y redobló el esfuerzo en el trabajo para recuperar el tiempo perdido. Iván volvió a clase con un enorme vendaje en la oreja. Cualquiera habría dicho que no había pasado nada si no fuera porque Iván, por fin, había descruzado los brazos.

—Pero, por lo demás —nos dijo—, me da la impresión de que va a ejercer su venganza contra el padre empeñándose con más cabezonería si cabe en no aprender nada.

Se acercaba la primavera. El júbilo que esta transmitía a los niños hacía que poco a poco nos olvidáramos de los detalles más odiosos de aquella historia. Y luego, un día de mayo cálido y templado, durante el recreo resonante de risas y gritos alegres, estando paseando tres reculando, tres andando hacia delante, Gertrude nos anunció, muy contenta:

—¡A que no sabéis qué! A mi Demetriov lo han vestido con ropa nueva esta mañana. ¡De la cabeza a los pies! ¡Pantalón, zapatos, calcetines y hasta un bonito jersey rojo vivo de lana!

—¡Anda! El mío también tiene un jersey rojo vivo muy bonito —dijo Denise.

—¡Y el mío! —dijo Solange.

—Siempre es igual —nos informó Léonie—. El padre Demetriov jamás deja su curtiduría para comprarle ropa nueva a un niño solo, sino a toda la banda a la vez. ¡Y a todos lo mismo, para ir más rápido! La madre en eso no se mete. Nunca tiene un céntimo en el bolsillo. El hombre está atento a las rebajas. Cuando llega la temporada, compra por docenas y por quincenas, en el sótano de Eaton.

—Sí, pero ¿no pensáis que elegir ese rojo tan intenso demuestra un cierto sentimiento? —preguntó Gertrude.

Juntas dirigimos la mirada hacia el grupo de niños correteando en todas direcciones. No cabía duda de que el rojo refulgente de los jerséis se distinguía de maravilla, como si un centro luminoso esparciera sus rayos por el patio, en todas partes a la vez. Por otro lado, a los Demetriov, con sus profundos ojos negros, el flequillo de cabellos oscuros y el rostro tostado, les sentaba extremadamente bien. De hecho, exultantes por la ropa nueva, hoy se mezclaban más en los juegos, dando carreras y saltos, y teníamos la sensación de que el resplandor radiante de los jerséis se multiplicaba bajo el sol.

—¿No habéis leído en los anuncios de Eaton de esta semana que había rebajas de jerséis para chicos de cinco a dieciocho años? —nos recordó maliciosamente Léonie.

—No me vais a decir —protestó Gertrude— que todos eran de color rojo luminoso y que en el lote no los había marrones apagados o grises pálidos, que a nuestros Demetriov les habrían quedado fatal.

II

Hacia finales de mayo de aquel mismo año, se me ocurrió pasarme una tarde por la zona que llamábamos «la pequeña Rusia». En realidad, allí había polacos o ucranianos más que rusos propiamente hablando. Estos nunca fueron muy numerosos en nuestro entorno, de modo que debían de encontrarse más solos todavía que el resto de inmigrantes, que al menos se juntaban para compartir el exilio entre varios.

Yo ya había dado algunos paseos por aquella zona en el transcurso de hermosas tardes, pero siempre me daba la vuelta antes de llegar a la pequeña Rusia porque estaba lejos y, sin duda, porque mi curiosidad no era lo suficientemente fuerte como para acompañarme hasta el final. Esta vez perseveré. No sabría decir en qué momento preciso sentí que había entrado en territorio desconocido, que acababa de cruzar una frontera. Para empezar, las casas habían dejado de mantener una distancia más o menos homogénea entre ellas y de formar calles. Las humildes viviendas, con unas puertas tan bajas que debían franquearse agachando la cabeza, estaban repartidas de cualquier manera, campo a través. Insignificantes, se hallaban sin embargo flanqueadas de tantos cobertizos, cuartuchos, barracas, covachas y construcciones anexas que aquellas pobres instalaciones constituían cada cual una especie de poblado que trataba de prescindir de los demás, porque, por muy miserables que fueran, lograban, no sé cómo, transmitir la sensación de que se daban la espalda. Jamás había sentido que me aventuraba tan lejos en el extranjero dentro de mi propia ciudad. No obstante, salí pronto de mi engaño. Aquí la extranjera era yo. En las ventanas, las manos se movían tras las cortinas y los rostros al acecho me seguían con una larga mirada de asombro, a veces hostil. ¿Qué había venido a hacer aquí, a esta parcela de Polonia o de Rusia, la joven canadiense extranjera?

Continué. Tenía frente a mí una vasta extensión abandonada, un trozo de ciudad devuelto al campo o un trozo de campo que no había conocido nunca la ciudad como a veces se ven, refractarios durante años a la urbe que los rodea. Todas las malas hierbas de la llanura se daban cita allí, hasta el *tumbleweed*, con ese parecido tan exacto que tiene a un viejo rollo de alambre enmarañado. En esta época del año, se encontraban, como es lógico, en un estado de despojo, espadañas oxidadas, hierbas altas marchitas, extrañas flores secas del verano anterior. Un viento triste asediaba este prado desnudo. No parecía de aquí, sino llegado de lejos, junto a unas gentes, se habría podido pensar, cuya mísera historia se esforzaba en mantener viva por piedad.

A gran distancia, reconocí el abominable olor descrito por Anna. Revolvía el estómago. Cerca de una curva del río, al final de las hierbas muertas, distinguía ahora la curtiduría rodeada de arbustos bajos. Era una tambaleante barraca de tablas, sobre unos pilones plantados a medias entre ribera y río, que debía de llenarla con su rumor. Extraía por un extremo el agua ya sucia debido al tratamiento del cuero y la expulsaba algo más allá, apenas más oscura. Durante todo aquel tiempo la barraca temblaba como si también ella fuera a marcharse de una vez por todas con aquel torrente parduzco. Al lado, junto a la entrada de una cabaña, se hallaba una mujer de aspecto tan parecido a las que se ven en las cubiertas de las ediciones populares de las novelas rusas —los brazos desnudos cruzados sobre el pecho y una pañoleta blanca anudada bajo el mentón— que casi me entraron ganas de tocarla para comprobar si era real. Impasible, me concedió una breve mirada que no habría sabido decir si era amistosa o simplemente curiosa, para luego retirarse al interior de la casa. Me quedé sola durante largo rato en el umbral de la trepidante barraca, tratando de distinguir el interior poco iluminado. Parecía que la única luz que entraba en aquel espacio lo hacía a través de la otra única abertura que había, que daba al río y era igual de grande que la entrada en la que me encontraba yo. De manera que la claridad que penetraba por un lado cruzaba la curtiduría en un delgado y soleado haz de luz para volver a salir por el otro enseguida, dejando el resto del lugar inmerso en penumbras. Entonces distinguí las siluetas de lo que me pareció que era un enjambre de niños atareados.

De repente, en mitad del pasillo luminoso, la negra cabeza recortada contra el sol como el rostro de un icono con su aureola dorada, surgió un muchachito tan sobrecogido de verme que se quedó paralizado. Aunque no hubiera llevado un jersey rojo habría sido imposible equivocarse en el hecho de que era un Demetriov. Ojos negros y achinados, pómulos salientes, orejas de soplillo, era el vivo retrato de todos los que yo había visto en el patio de la escuela, en más enclenque todavía, en más enteco, en más miedoso quizá. Le eché cinco años y medio, tal vez seis. Él no lograba apartar la mirada de mí, ni siquiera salir huyendo, de tan violentamente como lo había sobrecogido mi aparición repentina en la puerta de la curtiduría. Por mi parte, conmocionada por el descubrimiento de que entonces había otro Demetriov que probablemente heredaría yo en septiembre, era igualmente incapaz de efectuar movimiento alguno. El niño y yo nos observamos con el estupor que provocan esos encuentros que podríamos creer trazados por el destino.

Mas, de pronto, en medio de aquel silencio profundo en el que nos mirábamos el uno al otro, brotó en algún rincón al fondo de la barraca una palabra en ruso —de advertencia, sin duda—, resonó en otra parte, se fue repitiendo en un tono apremiante y me hizo comprender que me habían denunciado. Unos brazos extendidos surgieron de la sombra, atraparon al pequeño Demetriov y lo pusieron a cubierto. La última imagen que tuve de él fue la de una carita convulsa que ni siquiera conseguía soltar el grito de terror que yo le inspiraba.

Ahora, del rincón oscuro en el que se habían congregado, me llegó de nuevo la palabra que tanto me había estremecido, acompañada de algunas otras. Creí comprender que, aunque los Demetriov mayores trataban de tranquilizar a su hermanito, de asegurarle que, por esta vez, el peligro estaba descartado, no dejaban de alimentar en él al mismo tiempo un miedo terrible hacia mí. Una de las palabras que repetían constantemente cuando me señalaban y le hablaban al niño me resultó, no sé por qué, de lo más desagradable. Imaginé que al pobre pequeño le contaban que un día volvería a buscarlo y que esa vez no escaparía a mis largos brazos. Pese a dar la impresión de querer a su hermano pequeño más de lo que se querían entre ellos, aquel no era un amor reconfortante.

Yo ya no sabía realmente cómo marcharme, pues la hostilidad misma que me estaban demostrando me dejaba sin recursos. Me quedé plantada en el umbral de la puerta mientras unos susurros exasperantes, procedentes de todos los rincones de la barraca, me daban a entender —o eso me pareció a mí— que me fuera, que allí no tenía nada que hacer, que el momento de raptar al polluelo Demetriov todavía no había llegado.

Entonces Demetriov padre apareció a dos pasos de mí, en la zona iluminada, cortando en seco de un gesto tajante el hostil parloteo. Llevaba el delantal de curtidor, las manos del persistente color del óxido, el bigote igualmente impregnado. Lo único pálido que había en él era el blanco exiguo de alrededor de las negras pupilas de sus ojos. El desagradable saludo de los niños había debido de informarle de quién era yo. Me observaba en silencio con sus pequeños ojos secos y duros bajo unas pestañas tiesas como antenas.

Tomé la iniciativa de intentar una especie de conversación.

Conté con los dedos mientras nombraba a los niños de los que recordaba el nombre: Leonid… Sacha… Igor… Dimitri… Youri… A continuación, hice un gesto para evocar a un niño más pequeño. Terminé representándolo como un bebé al que mecen en brazos.

Demetriov padre comprendió adónde quería ir a parar y señaló al pequeño moreno que había visto bajo el rayo de sol. Este se había acercado un poco para escuchar lo que decíamos de él, aunque por detrás, sin salir de la penumbra.

—*Yes, him last Demetriov* —me respondió.

Habría que haber sido muy agudo, no obstante, para deducir si aquello lo decía con una especie de pesar, de pena, o con un alivio infinito.

—*Yes, him last* —retomó, estremecido únicamente, a juzgar por las apariencias, por la vibración del suelo bajo el empuje del agua.

Parecía que la conversación debía concluir ahí. Dios sabe por qué, se me ocurrió despedirme de Demetriov padre —semejante, en el umbral, a un árbol muerto— a la manera de los ortodoxos, a los que había visto saludarse durante la Pascua rusa juntando las manos e inclinando lenta y respetuosamente la cabeza y el busto. Para mi gran sorpresa, él me devolvió el saludo con toda exactitud, inclinando igualmente la cintura. Al incorporarse, creí ver en las pequeñas esferas duras y relucientes de sus ojos, aferrados aún a los míos, una muy fugaz expresión un poco menos lejana, tal vez incluso de curiosidad hacia mí.

Camino de vuelta a lo que llamábamos «nuestra» ciudad, «nuestra» vida, de la que me pareció que llevaba años alejada, no conseguía desprenderme del recuerdo de la imagen del pequeño Demetriov tal y como se me había aparecido, recortada en un rayo de sol.

—¡Así que tú también vas a tener tu Demetriov! —me decía a mí misma en voz alta, como para vencer aquella sensación de estar soñando que me acompañaba.

Y no sabía si lamentarme o alegrarme de tener yo también un papel que jugar en aquel oscuro asunto que desde hacía años enfrentaba a la escuela y a los Demetriov.

III

Mi pequeño Demetriov no era ni más ni menos espabilado que sus hermanos. Comprendía bien fragmentos sueltos de las lecciones y, al día siguiente, sin embargo, parecía haber olvidado todo casi siempre. «Es normal para un Demetriov —trataba de explicarme Léonie para darme ánimos—. Un Demetriov pierde hoy lo que ha aprendido la víspera. Pero a veces se acuerdan de algunas cosas, como en sueños. No te desesperes: no siempre está todo perdido con ellos».

Aquello no impedía que yo ya tuviera poca esperanza de ver a mi Demetriov aprobar el curso en un solo año. Estaba amargamente triste de tener que pasar por donde las demás habían pasado.

Así pues, ¡quién habría podido imaginar nunca, en aquel niño aletargado, un don tan especial que no hallaría equivalente en toda la historia de nuestra escuela!

Aquel día tenía a una quincena de alumnos practicando la escritura de la letra *m* entre dos líneas paralelas trazadas de antemano, a partir de un modelo. Siempre empezaba por aquella letra que a los niños les gustaba especialmente. Quizá era porque yo se la presentaba como tres montañitas juntas caminando de la mano más allá del horizonte; o porque era la primera letra del «muu, muu de la vaca que da la leche».

Estaba haciendo mi ronda mientras los alumnos trabajaban, parándome a corregirles casi constantemente. Es curioso la cantidad de niños que escribían la eme al revés, como una serie de úes. Para otros era un signo ilegible. Llegué a mi pequeño Demetriov. Tiza en mano, por fin parecía contento en la escuela. Al menos tan en su lugar como cualquiera de sus compañeros. Examiné sus letras. Eran perfectas, de la misma altura, las mismas proporciones, con un pequeño impulso que les daba aspecto de rodar, en efecto, hacia el fin del mundo más allá de la pizarra. No me lo podía creer. Y la prueba de que tenía una mano extraordinaria era que, allí donde se acababan las líneas trazadas para contener las letras, él había proseguido, como si tal cosa, en una hilera igual de recta y equilibrada. De hecho, estaba tan animado, supongo, por el placer de aquel tipo de trabajo, que, habiendo completado su parte de la pizarra, continuaba en la de su vecino, que le dejaba hacer, feliz sin duda de ver realizada por otro aquella fastidiosa tarea.

Felicité a mi pequeño Demetriov posándole dulcemente la mano en el hombro —único gesto de aliento al que me atrevía, pues seguía siendo muy miedoso, dispuesto a interpretar cualquier movimiento algo brusco como el anuncio de un golpe que le fueran a propinar—. Alzó hacia mí una mirada que dudaba entre el miedo y un muy débil resplandor de esperanza que se fue agrandando en cuanto comprendió que estaba contenta con él. Luego, viendo que no había nada mejor para complacerme, volvió a tomar la tiza y continuó con la ronda de letras como si no hubiera hecho otra cosa en su vida. Ya que se había propuesto cubrir toda la pizarra, los demás niños le dejaron vía libre, boquiabiertos ellos también, de hecho, por tanto virtuosismo.

Le pedí la tiza a Demetriov y le propuse la eme mayúscula como modelo. Era muy curioso. Cuando comprendía, no sonreía como casi cualquier otro niño, contento de haber captado una noción abstracta. Simplemente, las pequeñas esferas negras de sus ojos adquirían un grado más intenso de luz oscura. Se puso de puntillas, recuperó la tiza de mis manos y trazó la mayúscula igual de bien o mejor que yo. A ver ahora, me decía yo. Volví a tomar la tiza y tracé una letra especialmente complicada, con rizos y «florituras» por todas partes. Aún no había terminado cuando de nuevo se alzó de puntillas para cogerme la tiza. Mordiéndose el labio con aplicación, temblando bajo la tensión del esfuerzo, ejecutó la letra y me tendió rápidamente la tiza con la vivacidad muda del perrito que le lleva el palo a su dueño como para pedirle: «Tíramelo otra vez algo más lejos».

Me desencanté un poco al advertir que el último de los Demetriov no tenía ni idea de lo que era aquella letra que tan bien se le daba formar, tanto en minúscula como en mayúscula.

Le mostré la imagen de una vaca mugiendo. Hice muu, muu. El resto de la clase, exasperada de ver eternizarse aquella aburrida lección, se puso a imitar los cuernos con las manos apoyadas en las sienes. Todos mugían, cada cual mejor. El pobre niño, desconcertado, se daba cuenta de que se trataba de una vaca, pero ¿qué pintaba esta en la escuela y, sobre todo, qué relación podía haber entre el animal y la graciosa letra que había aprendido a trazar tan perfectamente? Por fin, una especie de comprensión tocó a su mente desde lejos. Un resplandor le cruzó la mirada opaca. Expresó un poco de contento. Nada excepcional. Lo que le apasionaba a él no era, por lo visto, saberse las letras, sino solamente copiarlas. Entonces creí vislumbrar la manera de manejarlo para obligarlo a aprendérselas.

Hasta que no reconociera y pronunciara en voz alta la primera letra de las palabras propuestas —pe, por ejemplo—, y no la memorizara, no le daría permiso para escribirla en la pizarra.

Al pobre pequeño le costaba sudores. Yo veía que se le empapaba el cabello a la altura de las sienes. Desesperado, buscaba en los ojos de los otros niños cómo hacían ellos para comprender y, cuando lo conseguía, supongo que era por una especie de mimetismo o de curioso poder de ósmosis por el que recibía el saber de los demás a través de una comunión de conocimiento. Habiéndose ganado al fin el derecho a salir a la pizarra —único objetivo de su vida, por lo visto—, para no olvidarse de la lección que tanto le había costado aprender se la repetía sin descanso; lo oíamos murmurar «pee, pee, pee» al tiempo que de su manita brotaban las letras bailando y liberadas.

Había días en los que, para recompensarlo, lo dejaba escribir hasta saciarse. Una tarde en la que, por así decirlo, me olvidé de él, se pasó más de una hora en la pizarra. Cuando fui a ver qué había estado haciendo todo ese tiempo, casi me caigo de espaldas. Había escrito el alfabeto entero, en mayúsculas y en minúsculas, sin equivocarse de orden en ninguna parte. Pero ¿se podía saber dónde había aprendido a adelantarse a mis lecciones? ¿Serían sus hermanos, orgullosos de su don, quienes se lo habrían enseñado en casa? ¿O acaso era posible que hubiera memorizado solo todas aquellas letras seguidas?

Lo observé en silencio. Una vez finalizada su hazaña, que se extendía a lo largo de toda la pizarra, se quedó exhausto y al mismo tiempo iluminado todavía por dentro, sonriendo vagamente a través de un gran cansancio. Entonces, al final, ¿qué era esta pasión que lo dominaba? Con aquellos extraños ojos suyos cuyo fuego negro dirigía ahora hacia su interior, el rostro absorto más que transfigurado, me recordó a estos pobrecitos santos anónimos de los iconostasios que adoran de lejos al Creador sin plantearse siquiera rogarle que les dirija la mirada.

Y finalmente me di cuenta de que, cuando escribía sus letras y se concedía un momento de respiro para contemplarlas, su actitud era prácticamente la de un orante. ¿Qué historia escribía, pues, que no necesitaba leerla para conocerla?

Poco a poco empezaba a decirme que su tesón al escribir no lo controlaba del todo él mismo, sino tal vez un hambre lejana, una misteriosa y larga espera. Me daba la singular impresión de que a aquel pobre niñito lo empujaban a escribir generaciones lejanas, apremiándolo despiadadamente.

Se acercaba el día de los padres. Los invitábamos a asistir a nuestras clases, a pasar parte del día en el aula, para que vieran lo que era tener que instruir a sus hijos. Mi Demetriov empezaba a comprender algunas palabras aparte del ruso. Le dije que sería estupendo que su padre viniera ese día para que constatara por sí mismo lo bien que escribía su muchachito.

IV

En realidad, a los maestros y las maestras nos mataba aquella jornada, con la clase invadida por padres que no sabían dónde meterse. Aunque colocáramos sillas para ellos al fondo del aula, no aguantaban quietos. Algunos, torturados por el descubrimiento de que su hijo distaba mucho de ser lo brillante que ellos creían, lo habrían dado todo por soplarle la respuesta correcta; otros, nerviosos sobremanera por el simple hecho de ver al suyo bajo una luz distinta a la de la casa. También es verdad que a veces se llevaban buenas sorpresas y nos decían, emocionados hasta saltárseles las lágrimas: «Nunca me habría podido imaginar que mi hombrecito fuera tan listo». Pero, en general, no era un día de relajación.

En cuanto a nosotros, los maestros, nos veíamos, por así decirlo, obligados a actuar para el público. Porque ¿quién habría sido tan tonto ese día como para interrogar a los últimos de la clase o esconder al primero?

Hacia las diez, observada por una docena de mujeres —sobre todo eran las madres quienes venían—, me bandeaba lo mejor que podía: «Que no brille demasiado el hijo del pocero; apáñatelas para hacerle la pregunta adecuada al hijo del jefe de policía, que la madre se está impacientando; pero sé lo más justa posible…», cuando la puerta se abrió de golpe y entró Demetriov padre, con su olor a curtiduría, aunque limpio —las mejillas restregadas con jabón, relucientes como el cuero engrasado— y dándole vueltas a una flamante gorra nueva entre sus gruesas manos.

Recorrió la asistencia con sus pequeños ojos de hurón y luego fue a colocarse de pie al final de la clase, entre los padres humildes que, con aquel exceso de timidez, me intimidaban a mí todavía más. En cuanto localizó a su hijo en el centro de la clase no le quitó como quien dice los ojos de encima. Mas el hijo, incómodo bajo aquella mirada, se sentía obligado a responderle constantemente con su propia mirada asustada.

No se sonrieron el uno al otro ni por supuesto se saludaron con un hola cariñoso como hacían algunos padres y sus niños. Pero entre ellos circulaba una corriente. ¿De desafío, de esperanza, de miedo? Habría sido difícil identificar cuál era la tensión secreta. Esperemos, me decía yo, que mi pequeño Demetriov no entre en pánico. En realidad, si yo había invitado al padre era porque estaba convencida de que nunca volvería a poner los pies en la escuela tras el escándalo del año anterior. Su presencia me desarmaba. No dejaba de vigilarlo con el rabillo del ojo; tan preocupada que, en algunos momentos, ya no sabía lo que estaba haciendo. De pie todavía, con la gorra en la mano, en la última fila, parecía inofensivo, pero Anna también lo había creído bonachón a primera vista.

De repente, ya no aguanté más. No era en la lectura ni en el cálculo donde mi pobre pequeño Demetriov iba a destacar. Era el único que no levantaba nunca la mano para responder a mis preguntas, y Demetriov padre cada vez parecía más sorprendido de que todos aquellos brazos se levantaran hacia mí mientras su hijo no se movía en absoluto. Pero a lo mejor era que no comprendía lo que pasaba ni por qué los niños levantaban la mano todo el rato.

Decidí pasar inmediatamente a la lección de escritura. Solté un pequeño sermón dirigido a los padres, explicando que una «buena mano» desde la infancia era una ventaja importante para toda la vida. Dije también que no se trataba de aprender a escribir con los dedos, pues era malo para el sistema nervioso y para el comportamiento del niño, sino con la muñeca, con el codo incluso, según la metodología recomendada, y que, para ayudar a los niños a adoptar un ritmo agradable, les pedía que cantaran al tiempo que escribían en la pizarra.

Saqué a casi la mitad de la clase a la pizarra, Demetriov incluido. Se pusieron a cantar y a escribir con entusiasmo. Todos habían conseguido experimentar placer escribiendo cautivados por las canciones o quizá porque yo había puesto mucho empeño en que les gustara.

Los padres se acercaron o se inclinaron desde su sitio para poder ver mejor cómo trabajaban sus hijos. Sorprendí a algunos de ellos haciendo un mohín, pero la mayoría sonreía con indulgencia, y dos madres se dirigieron una especie de saludo para felicitarse. Sin embargo, después de contemplar a sus anchas a sus hijos en su tarea, todos se dejaron atrapar por la imagen del pequeño Demetriov escribiendo.

Siguiendo una costumbre que me era inexplicable, este rellenaba su parcela de la pizarra comenzando por abajo. Se hallaba ahora completando de puntillas la parte de arriba. Centrado en su tarea, parecía haberse olvidado de dónde estaba y ni se imaginaba que era el punto de mira de toda la clase, paralizada en un atento silencio. Escribía —me atrevo a decirlo, si se me permite hablar así— como si estuviera inspirado. Era innegable que se esforzaba —la punta de la lengua fuera, las sienes húmedas—, pero al mismo tiempo parecía sublimado por una fuerza superior a la suya, por un fervor que habría podido ser colectivo, misterioso, infinito. Tal vez fuera así como antaño escribieran los pequeños amanuenses recogidos por los monastcrios, donde se ganaban el pan transcribiendo durante todo el día, bajo las imágenes piadosas, el texto de leyendas imperecederas de las que ellos mismos no sabían ni la primera palabra. Con su flequillo de cabellos negros tapándole la cara del color de la tierra, los ojos guiñados y aspecto de estar rezando, recordaba mucho, en cualquier caso, a aquellos oscuros artesanos a los que a veces se les hacía un modesto hueco junto al iconostasio, detrás del archimandrita y su ropaje recargado.

El padre Demetriov se aproximó cauteloso, como para evitar espantar a un pajarillo. Observó las letras con estupor, maravillado, luego la manita morena que las había modelado, luego las letras otra vez.

Entonces —¿como si fuera un juego?—, le tomó la tiza al niñito y, en el espacio que quedaba vacío en lo alto de la pizarra, trató de formar unas letras él también. Una ligera risa recorrió la asistencia ante la torpeza conmovedora del esfuerzo. A aquella risa el hombre respondió con una especie de gruñido amistoso. Devolvió la tiza al niño y le dio un empujoncito en la espalda para alentarlo a seguir escribiendo. El pequeño no se hizo de rogar.

Tras unos instantes, el padre cogió el borrador, limpió la parcela de letras devotamente trazadas y volvió a empujar al niño por detrás. Este, sin perder un segundo, con la misma paciencia, el mismo fervor, se puso de nuevo a rehacer sus letras. Las hacía con tanto cuidado, tan piadosamente como siempre. ¿A qué ensoñación obedecía finalmente?

¿Y el padre? Porque, de pronto, sondando sus pequeños ojos oscuros, creí ver resplandecer en ellos el mismo fervor extraño y empecinado que en la cara del niño.

Arriba del todo, aislado del resto de la pizarra por una doble raya, el alfabeto, en minúsculas y mayúsculas, formaba un friso.

De hecho, yo acababa justo de despegar la banda de papel con tulipanes en flor bajo la cual había disimulado las letras por juzgarlas demasiado pretenciosas para servir de modelo, y aún no había encontrado valor para borrarlas porque eran la paciente obra de una de mis predecesoras. Pero he aquí que Demetriov padre colocó un grueso dedo bajo una de aquellas ampulosas letras dándole un empujón en la espalda al pequeño, y el último de los Demetriov la ejecutó. El padre eligió otra al azar, el hijo la ejecutó también, pero más pura, más sobria, con su propio estilo, que tenía algo de clásico. Entonces el padre se volvió hacia la clase y nos miró de arriba abajo con sus pequeños ojos relucientes como para que fuéramos testigos de que, sin duda alguna, el último de los Demetriov sabía escribir. Al igual que al niño, tal vez no le importara conocer las letras. Que tuviera talento para trazarlas ya era más que maravilloso.

Torpemente, le puso al muchachito la mano en el hombro. Se lo apretó un momento con rudeza, a su manera, tratando de atraer la cabeza del niño hacia su brazo sin forzarlo demasiado. El pequeño se resistía, relajado solo a medias. Al final, se abandonó y apoyó su carita temerosa contra la manga del padre. Levantó hacia él sus ojos asustados. Y entonces, de arriba abajo, de abajo arriba, circuló una sonrisa tan breve, tan torpe, tan titubeante que parecía que era la primera vez que lo hacía entre aquellos dos rostros.

LA CASA EN BUENAS MANOS

I

Se puede decir que la escuela a la que me destinaron aquel año formaba parte del pueblo, pero estaba rezagada al final del todo, separada incluso de las últimas casas por un prado bastante amplio en el que pastaba una vaca. A pesar de la separación, no había duda de que yo pertenecía al triste pueblo con sus humildes casas —la mayoría de madera sin pintar, apenas acabadas y ya decrépitas— y con su pequeña capilla construida en un afán de antagonismo contra el pueblo vecino y su iglesia demasiado rica. Y por antagonismo también, el cura de esa rica parroquia nunca había consentido poner los pies en la capilla, de suerte que esta se hundía poco a poco en el olvido.

Desde las ventanas de la escuela veía también la insulsa estación, como las hacían en aquellos tiempos, los silos para el trigo, el depósito de agua y un furgón de cola plantado en el suelo desde hacía años y pintado de arriba abajo con este horrible color sangre de toro sin vida ni brillo que, justo porque carece de vida, debe de ser duradero y, por tanto, económico. Como es lógico, lo que veía era aquello que predominaba, la calle principal demasiado ancha, sin árboles, abandonada casi siempre al viento solamente, esa monótona calle principal de tierra, lastimera y polvorienta que tenían casi todos los pueblos del oeste canadiense aquel primer año de la gran depresión. Era un pueblo de granjeros jubilados con lo justo para vivir, decepcionados o amargados, de ancianos hogareños, de pequeños comercios que subsistían miserablemente. De allí no se podía extraer ni coraje, ni confianza ni esperanza en el mañana. Pero era darme la vuelta y todo cambiaba: recuperaba la esperanza a manos llenas, como si me encontrara delante del futuro. Y aquel futuro brillaba con la luz más atractiva con la que jamás se me haya concedido sorprenderme en la vida.

En el fondo no había, sin embargo, nada que ver por allí. Ni tejado de casa ni granja, ni siquiera uno de esos minúsculos graneros de trigo que en otros tiempos había por todas partes en la llanura, cuando las cosechas eran tan prósperas que no se agotaban. Solo un pedazo de carretera de tierra que se elevaba ligeramente en una curva y enseguida se perdía en el infinito. Nada, pues, aparte del cielo, una escarpadura de tierra negra y fértil contra aquel intenso azul del horizonte y, a veces, nubes aparejadas como antiguos buques de vela. ¡Por qué, en un país tan joven, nos vendrá la esperanza de los espacios desiertos y del maravilloso silencio!

Así era. Más de la mitad de mis alumnos procedía de aquel lado salvaje y como inhabitado. Mientras no hizo demasiado frío, hasta más o menos mediados de octubre o incluso algo más tarde todavía, todos estuvieron viniendo a la escuela a pie, salvo una o dos mañanas de fuerte lluvia.

Ya desde la primera semana, yo había tomado la costumbre de observarlos llegar desde mi mesa, orientada hacia el lado de la llanura. Acudía muy temprano para preparar mis clases por adelantado; no había más remedio, pues tenía cuarenta alumnos de ocho niveles distintos, desde primero hasta octavo curso. Ese era el principal problema de aquellas escuelas rurales, abarcar tantos niveles; pero también su increíble valor, porque, al tener niños de todas las edades, constituían una especie de familia, un mundo en sí mismo, lo que hoy llamaríamos una comuna.

Yo solía estar lista mucho tiempo antes de la hora, con la pizarra cubierta de ejemplos y problemas para resolver. Entonces me sentaba y me entraban las prisas por ver llegar a mis alumnos. No despegaba la mirada de la pequeña cuesta solitaria de la carretera por la que los vería aparecer, uno a uno o en grupos, dibujando un delgado friso en la parte baja del cielo. Me emocionaba cada vez. Veía despuntar aquellas minúsculas siluetas en la amplitud de la llanura vacía y sentía profundamente la vulnerabilidad, la fragilidad de la infancia en este mundo y cómo, sin embargo, depositamos precisamente el peso de nuestras esperanzas frustradas y de nuestros eternos retornos en esos frágiles hombros.

Creo que también me estremecía el hecho de que acudieran a mí, a fin de cuentas una extraña para ellos, procedentes de todos los rincones. Hoy todavía me sigue conmoviendo la idea de que se le confíe a alguien a quien ni siquiera se conoce, a una pequeña maestra sin experiencia, recién salida de la Escuela Normal como era mi caso, lo más nuevo que hay en la tierra, lo más delicado, lo más fácil, también, de romper.

Pronto, incluso a esa distancia, reconocía a los niños: a los pequeños Badiou, porque iban cogidos de la mano y no solo en la cuesta, sino, como más tarde me enteré, durante todo el camino desde la granja en la que vivían, a casi dos millas de allí, pues su madre, preocupada, confiaba el niñito de cinco años y medio a su hermana de seis años y medio, y esta a su hermanito, y cogiéndose todo el tiempo de la mano tenían, sin duda, la sensación de protegerse el uno al otro; a los Cellini en un grupo compacto, los cinco juntos, solo Yvan el terrible, Yvan el rebelde, caminaba sin ganas, y Adèle, la mayor, tenía que volverse para indicarle por gestos que se apresurara; a mis pequeños auverneses, que iban por libre, sin mezclarse jamás con los italianos y todavía menos con los bretones, fáciles de distinguir por sus andares «hollantes»; a los dos pequeños Morrissot, que, hiciera bueno o hiciera malo, vinieran tarde o con mucho adelanto, llegaban siempre corriendo como locos; a los Lachapelle, desplegando una escalera contra el horizonte, el más alto a la cabeza, el más pequeño al final, que caminaban con un paso invariable, manteniendo una distancia igual entre ellos; y finalmente, casi siempre sola, a menudo la última, a menudo también tarde, una pequeña silueta acelerada, cargada de hombros con la cartera a la espalda y como abrumada.

¡Ay! Todavía se me encoge el corazón cuando me acuerdo de este último.

Se llamaba André. André Pasquier. Y no era mal alumno, ni mucho menos; tampoco un niño desvalido. Pero, cómo explicarlo, aun siendo un niño aplicado, un niño con buena voluntad al que resultaba difícil reprochar lo que fuera, siempre estaba ausente. Preocupado, se habría podido decir. Atormentado, incluso, por problemas de casa, sin duda, que lo seguían hasta la escuela y no conseguía quitarse de la cabeza. Y además, cuando llegaba a clase estaba ya agotado. ¿Cómo iba a realizar allí el esfuerzo que yo esperaba de él? Estaba segura también de que trabajaba demasiado en su hogar.

Un día, viendo que le costaba mucho resolver un problema que el resto de la clase había resuelto, sin embargo, en poco tiempo, me detuve en su sitio.

—¿Qué es lo que pasa, André? ¿Estás cansado?

—Sí, un poco —dijo.

Y sus ojos reflejaron la expresión perdida que a veces vemos en los hombres rotos de agotamiento físico.

—¿Trabajas mucho en casa?

—¡No tanto! Un poco, no hay más remedio. Soy el mayor. Me corresponde a mí ayudar a nuestro padre.

—¿Vienes andando… desde lejos?

—Dos millas y media.

¡Cielo santo! Y pensar que yo encima le había regañado la víspera por llegar tarde.

—Eso es una buena caminata —le dije.

—Ah, eso, la caminata, no es nada —dijo él consiguiendo sonreír—. El aire libre siempre sienta bien.

Lo ayudé a resolver su problema —el sencillo problema de hacía un momento— y me volví, pensativa, a mi mesa. Desde ese día, no pude dejar de pensar, por así decirlo, en este niño. Me propuse aportarle a su vida, que intuía harto difícil, la posibilidad al menos de salir de aquello por medio de la educación. Quería a toda costa que tuviera éxito en la escuela. Pero ¿cómo arreglármelas? ¿Quedármelo después de clase para repasar las lecciones con él? Así le alargaría todavía más las jornadas. ¿Prestarle especial atención durante las horas de clase? Era desconfiado y orgulloso. Como se diera cuenta, podía encerrarse todavía más en sí mismo. Ese era, sin embargo, el único modo que tenía de ayudarlo y terminé lográndolo, pero de la manera más discreta posible. Aquello funcionó. Al cabo de una semana, me llevé una alegría al ver que terminaba sus deberes casi al mismo tiempo que los demás.

Lo felicité y apenas pude reconocer entonces en el niño sorprendido de sí mismo, deslumbrado, al pobre pequeño que a veces llegaba a la escuela tan derrengado que parecía que había bebido.

—¿Ves? ¡Cuando te lo propones, André…!

Y tendí la mano para acariciarle la mejilla, la frente, ¡yo qué sé! Él no se apartó ni se hizo el hombre como otras veces en las que yo había intentado aquel gesto, y se dejó apartar un mechón de cabello caído sobre la sien.

A partir de aquel día, me pareció que, aunque seguía llegando tarde, igual de abatido, a veces incluso triste, poco a poco, a lo largo de la mañana, su alma de niño, ligera y tierna, prevalecía sobre inquietudes demasiado graves para su edad, remontaba a la superficie y se asombraba de disfrutar de un momento de despreocupación como es lo normal con diez años.

Un día lo escuché reírse por primera vez con los demás, ya no recuerdo a propósito de qué. Me impactó. Me acerqué a su pupitre y le revisé el cuaderno. Era indiscutible que había progresado mucho.

—¿Para tus padres es importante que te instruyas? —le pregunté.

—¡Ya lo creo! Mi padre siempre está diciendo que no quiere que sea como él, sin educación, sin profesión, sin nada de nada.

Yo quería espantar como fuera la gravedad y la angustia que acababan de regresar a sus ojos nada más hablarle de su casa, y dije a los demás de la clase, medio en serio medio en broma:

—Cuidado con André. Sale despacio como la tortuga, pero quién sabe si no llegará a la meta antes que todos vosotros, liebres y conejos.

André me lanzó una mirada dubitativa que albergaba casi un reproche de hombre: «Tampoco hay que exagerar...», pero también un destello de esa increíble capacidad que tiene cualquier niño de creer en lo imposible.

¿Mas cómo se me ocurrió meterme en la cabeza y tratar de meterle a él en la cabeza también una esperanza tan descabellada? De los dos, la más infantil debía de ser yo.

Los días de clase, cuando daban las cuatro, estaba tan agotada, tan exhausta a pesar de la vitalidad de mi juventud que me quedaba un buen rato ociosa en mi mesa, sin fuerzas para ponerme con la pila de cuadernos que tenía delante.

Levantando la mirada hacia la pequeña cuesta solitaria, veía desarrollarse la corta película de la mañana sobre la pantalla del horizonte, pero en sentido inverso. Ahora era André quien iba a la cabeza, cargado de hombros, con el caminar apresurado del hombre que regresa a unos deberes urgentes. Luego venían los Lachapelle, tampoco en fila ya, pero, ¡qué curioso!, los más mayores, por la tarde, dándole la mano a los más pequeños. Solo los niños Badiou mantenían la misma actitud mañana y tarde, semana tras semana, dándose la mano y balanceando los brazos, reunidos por un movimiento gracioso e incansable. Mi pequeño mundo al completo ascendía la ligera cuesta a su ritmo, a su manera, y sobre el cielo a menudo en llamas a la hora del ocaso se iban recortando claramente cada uno de ellos durante un instante para luego desaparecer, tragados súbitamente por el lado oscuro de la colina. Yo estaba tan emocionada como por la mañana, pero de otra manera. Ahora me tocaba a mí perder a los niños. Los veía por un momento como rodeados de un halo de luz en el punto más alto de la carretera, y luego lo desconocido me los arrebataba. Entonces trataba de imaginar sus vidas en aquellas granjas lejanas de las que no sabía nada. No me cabía duda de que una distancia infinita separaba aquella vida de la nuestra en la escuela, pero estaba aún muy lejos de la realidad: entre ambas vidas existía una frontera, por así decirlo, infranqueable. Sin embargo, yo soñaba con poner el pie en aquellas granjas aisladas, con que me aceptaran tal vez en aquellas casas de silencio y, a veces, de hostilidad. Y resulta que la ocasión me llegó milagrosamente, a través de la pequeña Badiou, que vino a mi mesa a recitarme de corrido, palabra por palabra, en un tierno y agudo piar de gorrión, la lección que su madre se había encargado de repetirle:

—Sita, mi mamá me ha pedido *de que* le diga tal cual que la complacería mucho que nos hiciera el honor de cenar con nosotros una de estas tardes, la que a usted le venga bien.

Para no olvidarse nada de la solemne invitación, la pequeña Lucienne me la había declamado sin marcar una coma, cerrando incluso los ojos.

—Pues claro, Lucienne —respondí yo contentísima—. Iré a vuestra casa encantada. Es más, ¿por qué no esta noche? Hace un día tan bueno hoy…

En efecto, después de una o dos noches de heladas blancas, habíamos entrado en el veranillo de San Martín. Hacía calor como en pleno verano; pero todo el mundo sabe que esas dulces jornadas radiantes de octubre son regalos excepcionales de corta duración. Tenía ganas de aprovecharlos.

La pequeña dudaba, dividida entre una gran alegría y una cierta decepción.

—Es que a mamá no le va a dar tiempo de limpiar, de recoger por lo menos lo más gordo, ni siquiera de preparar su pastel.

Y, desolada, apoyaba cada frase con un gesto de comadrc, palmoteándose los costados con ambas manos.

—No le va a gustar no tener por lo menos el pastel hecho.

—¡Y qué más da! No es el pastel lo que cuenta, sino estar juntos.

II

A las cuatro, un buen número de niños me esperaba por cortesía en los peldaños de la entrada, dado que iba a marcharme con ellos. Salimos todos juntos, pero un grupo, como quien dice, dentro del otro, porque, en cuanto dejamos la escuela, los pequeños Badiou se ocuparon de que quedara claro que, por esa tarde, yo les pertenecía, y Lucien se colocó a mi izquierda y Lucienne a mi derecha para adueñarse de mis manos, balanceando los brazos a toda velocidad como hacían entre ellos, tanto que en nada de tiempo tuve los míos destrozados y hube de suplicarles que me los liberaran. Al soltarme, sin duda se descubrieron ellos también momentáneamente liberados el uno del otro, porque salieron corriendo —Lucien a hurgar con la mirada y con la punta de un palo en la madriguera de una taltuza; Lucienne a coger dos o tres champiñones, que colocó en su falda—, y luego tomaron de nuevo su sitio a mi lado, amenazando a quienes trataban de quitárselo. Terminaron bajando la guardia cuando comprendieron que en realidad no podría escaparme de ellos. Mis pequeños auverneses tenaces ganaron terreno, no obstante. Pronto formamos un grupo, si no amistoso, al menos, relativamente unido. Solo André iba por delante, mas sin disociarse del grupo, porque, cuando se daba cuenta de que se había alejado mucho de nosotros, ralentizaba el paso, hacía un esfuerzo incluso por esperarnos; aunque pronto, como a su pesar, reanudaba el ritmo de quien nunca ha aprendido a caminar lentamente.

Llegamos a la pequeña cuesta. Nos detuvimos. Miramos atrás. Me vi en mi sitio, en mi mesa, mirándome a mí misma subir a la cima de la carretera con los niños que tantas veces había visto allí solos y me alegré de la imagen que me proyectaba la imaginación. Desde aquí, la escuela parecía más importante de lo que me habría podido figurar: en alto, con su planta de arriba que antaño, cuando los alumnos eran más numerosos, albergaba una segunda clase, y con su pintura gastada que, a distancia, ligeramente blanca todavía, seguía causando su efecto en el conjunto apagado. El pequeño y simpático campanario que la coronaba le confería incluso un cierto refinamiento. Se me hizo finalmente evidente que, por muy pobre que fuera el pueblo, este había apostado por la escuela como su más preciado bien.

Luego me giré y vi la llanura, aquella especie de agujero sin límite en el que se zambullían mis pequeños cada noche. El espectáculo no me produjo alegría como cuando lo contemplaba desde el pueblo. Tal vez los desiertos, el mar, la vasta planicie y la eternidad atraigan, sobre todo, cuando se observan desde los márgenes.

Guardé silencio. Los niños, al notarme distinta a como era normalmente con ellos, estaban desconcertados. Me lanzaban miradas inquisitivas y afiladas, como si se preguntaran: «¿Seguro que es la misma?».

Aquella gravedad se me pasó. A lo mejor me venía del presentimiento de una tristeza escondida lejos en el futuro, como tantas veces me ha pasado en la vida. Regresé con los niños y ellos, en cuanto me supieron de vuelta, también regresaron a mí alegres, confiados, charlatanes como unas verdaderas urraquillas. En diez minutos me enseñaron tanto como yo les había enseñado a ellos durante días.

La vaca de los Toutant había parido. Habían sudado sangre con ella, el ternero venía de nalgas. Jos Labossière había llevado su cerda al verraco, así que en unos meses tendría lechoncitos. La señora Toutant, por cierto, había perdido a su bebé. Tres meses después de quedarse encinta.

—¿Y sabe cómo es de grande un bebé que nace seis meses antes, sita? ¡No mucho!

Lucienne me tiró entonces de la manga.

—En casa —me confió—, mamá ha tenido a su bebé hace tres meses, uno verdadero, y es grande y hermoso.

Vi que, en cualquier caso, yo no tenía nada que enseñarles sobre el nacimiento humano o animal —daba igual, tanto al uno como al otro le otorgaban casi la misma importancia—.

Por fin llegamos a una casa. Aquí iban a dejarnos los Lachapelle. Una mujer de pecho prominente y brazos gruesos y desnudos, con un vestido de cotonada, abrió la puerta y me gritó desde el umbral:

—¿*Ande* va usted *asín*?

—A casa de los Badiou.

—¡*Yastamos*! *Mejón* visitar a los franceses que a su propia gente.

—¡Pero, señora!

—Hablaba por hablar. ¿Parará al menos *por ca* nuestra cuando vuelva por aquí?

—Por supuesto, señora.

—*Mu* bien. *Enga*, niños. Quitaros la ropa nueva y poneros la vieja.

Al momento, los cinco Lachapelle, que en la escuela se mostraban bastante cariñosos conmigo, se transformaron en una especie de pequeños extraños, como si no me conocieran de nada. Si yo no hubiera sabido ya las locuras de las que son capaces algunos niños por vergüenza, me habría quedado estupefacta.

—¡Adiós, mis niños, hasta mañana! —me limité a decirles simplemente a las cinco caritas de piedra con la mirada clavada en una estaca del cercado detrás de mí.

Algo más lejos, en la unión de la carretera con una pequeña servidumbre de paso, perdimos a los niños auverneses, cuya casa de labor quedaba, más o menos, a un cuarto de milla de allí, sola en la inmensidad de los campos.

Las niñitas, antes de dejarnos, empezaron a quejarse.

—A mamá no le va a hacer mucha gracia cuando sepa que empieza usted su gira *por ca* los Badiou.

—Para empezar, no es ninguna gira. Y además, si vuestra madre quiere que la visite, podéis decirle que vendré encantada.

Nuestro grupo continuó, ahora reducido. Apenas hablábamos. Caminábamos más despacio, tal vez porque estábamos un poco cansados, pero, al menos por mi parte, para admirar mejor el paisaje. Adormecido bajo la luz del sol a punto de apagarse, era de un color uniformemente claro y de una tranquilidad que seguía asustando quizá un poco el alma por su infinita profundidad. La mayor parte de la cosecha estaba entrojada; lo que quedaba cubriendo el suelo eran los rastrojos, melados ya por naturaleza, que la iluminación suave de aquel final del día doraba aún más.

De tanto en cuando, algunos árboles solitarios, enrojecidos por el otoño, resplandecían con un color ardiente. Todo lo demás era dulzura, paz, o más bien esta armonía que hay a veces en la naturaleza, que no revela su secreto. Cruzábamos un largo tramo de la planicie en el que no había casas y no se oía ya ni canto de gallo, ni ladrido ni siquiera los pájaros libres de aquellos lugares. André caminaba ahora a nuestro ritmo, por fin relajado. Con la cabeza ligeramente inclinada, no se unía a la conversación, pero parecía que escuchaba cada vez que esta resurgía por un instante, tras un silencio. Intercambiábamos así algunas frases, todas ahora relacionadas con las cosechas —que habían sido buenas aquí, más bien malas allá—, y volvíamos a sumergirnos en una vaga ensoñación debida quizá en parte a que caminábamos al aire libre y tal vez también a la influencia mágica que prácticamente nunca deja de ejercer el final del día sobre la llanura.

Pronto, en una subida de la carretera tras una débil depresión, distinguimos una casa desde bastante lejos, rodeada de estacas coronadas por cubos de ordeñar. Los pequeños Morrissot se pusieron a gritar de alegría:

—¡Es nuestra casa! ¡Es nuestra casa!

Al aproximarnos salió la madre, que se acercó a la valla a saludarme con un monólogo sin orden ni concierto y sin pararse a tomar aire ni una sola vez. Trataba al mismo tiempo de mí, de los niños, de las cosechas, de la escuela, de un viaje a la ciudad que iba a tener que hacer dentro de poco, de lo dura que era la vida, de los hermosos días que estábamos teniendo, aunque se acercaba el invierno y solo Dios sabía cómo íbamos a pasarlo… Tomó finalmente a sus dos hijos de la mano y los tres entraron corriendo en la casa.

Apenas nos habíamos alejado cuando Lucienne, que siempre me tiraba de la manga si tenía alguna confidencia que hacerme, me dio un fuerte tirón y dijo:

—Con ella nunca hay manera de decir una palabra. Mamá dice que no hay mujer más habladora que la señora Morrissot.

—A lo mejor es que se aburre, tan sola en el fin del mundo.

Lucienne pareció ofendida de que yo no estuviera completamente de acuerdo con sus ideas y continuó en un tono agudo:

—Nosotros estamos más solos todavía.

Creí ver pasar por el rostro de André el amago de una sonrisa, pero no dijo nada.

La casa de los Morrissot quedó rápidamente escondida tras uno de los raros bosquecillos que había por allí, y los cuatro que éramos ahora proseguimos nuestro camino adentrándonos de nuevo en lo que parecía la faz oculta del mundo.

—¡El sol ha muerto! —exclamó de pronto con voz lastimera el pequeño Lucien, que había acechado con aprensión el ocaso detrás del horizonte y vino a apretujarse contra mí temblando de tristeza.

Imaginé entonces lo que debían de experimentar aquellos niños tan pequeños cuando cruzaban solos la humilde arboleda —para ellos, un bosque quizá— a la hora en que moría el sol.

A mí, sin embargo, esta hora indecisa entre la noche y el día siempre me ha cautivado. Me llamaba —y aún me llama— como un sueño en el que van a resolverse nuestros tormentos. Más de una vez he caminado dos horas sin darme cuenta bajo el cielo oscuro rumbo a un último enrojecimiento del horizonte; como si fuera a encontrar allí la respuesta a lo que nos obsesiona desde que nacemos. Y, aquella tarde, embriagada probablemente todavía más que hoy por lo joven que era y lo inclinada a soñar que estaba, avanzaba a través de la dulce hora dándoles la mano a Lucien y Lucienne para tranquilizarlos, precedida a corta distancia por André, y me parecía que los tres niños y yo ascendíamos infaliblemente hacia la felicidad prometida, invisible aún, pero sin duda sana y salva y aguardándonos no muy lejos. Al volver a subir después de otra pequeña depresión, nos alcanzó una última flecha de luz lanzada a ras de tierra desde el horizonte. Dio a André en pleno rostro, y descubrí con asombro el extraño y magnífico color de sus ojos: el de un follaje primaveral traspasado por el sol.

El silencio nos seguía envolviendo, no opresivo como cuando significa la ausencia de vida, sino todo hinchado por un feliz descubrimiento a punto de revelarse. Y entonces, entre los rastrojos dorados, restalló a lo lejos un sonoro glugluteo. Detuve con un gesto a los pequeños, posé la otra mano, no sé por qué, sobre el hombro de André y dije:

—¡Escuchad! Vamos a pararnos a escuchar a la alondra de los prados.

Lucien y Lucienne hicieron como si aguzaran el oído buscando con la mirada en todas direcciones, pero André la escuchó desde adentro, con la cabeza ligeramente inclinada, sin preocuparse por determinar de qué punto procedía una expresión tan exacta de la alegría que tal vez nadie la haya cantado mejor que aquel pájaro de aspecto, no obstante, un poco solitario, cuando por fin lo distinguimos encima de una piedra, en medio de un campo despojado.

Al finalizar el canto, André volvió simplemente a posar sus ojos en mí, y estos me hicieron partícipe de un embeleso idéntico al mío.

Después, durante mucho tiempo, la carretera continuó llana. El azul de la tarde se oscurecía con más o menos la misma intensidad un poco por todas partes, nublando el paisaje con su uniformidad hasta no dejar nada definido a la mirada. Los pequeños Badiou empezaron a señalar hacia alguna parte en aquel gran vacío.

—¡Es nuestra casa! ¡Llegamos a casa!

Con esfuerzo, distinguí una humilde cabaña sin pintar, sin peldaños en la entrada, cual un dado caído allí como por azar.

Los hermanos Badiou empezaron a tirar de mí con todas sus fuerzas y a anunciar a voces que resonaban en el silencio infinito: «¡Mamá! ¡Mamá! ¡Traemos a la sita!». En el mismo tono, me pareció, en el que hubieran podido decir: «¡La hemos capturado!».

Entonces, de la casita solitaria al final de un débil trazado de carretera salió una mujer rolliza y bajita, ágil, nerviosa y viva como un animalillo que, al reconocerme, empezó a darse palmadas en los costados con ambas manos exclamando al mismo tiempo lo amable que era por haber venido y, luego, presa del pánico: «¡Y yo con la casa sin limpiar! ¡Y con la cena sin terminar!».

Comprendí un poco tarde que es de buena educación darle a la gente tiempo de prepararse para recibirla a una. Finalmente, me pareció que la exuberancia alegre de aquella buena mujer pesaba más que su vergüenza de que la hubieran sorprendido «sin arreglar» y con la casa «patas arriba».

A punto de entrar, miré hacia la carretera. André empezaba a alejarse. Me pareció terriblemente solo en aquel final del día ya casi negro, los hombros caídos de nuevo.

—¡Eh, André! —grité yo.

Él se dio la vuelta.

—¿Estás lejos aún?

Señaló en dirección a una especie de valle del que emergían las copas negras de unos árboles bastante grandes entre los cuales adiviné el tejado de una casa que parecía deshabitada. Todo en aquel paraje me resultaba más oscuro que en otras zonas de la llanura. Cualquiera habría dicho que la noche venía de allí.

—¿Te queda mucho todavía?

—Una media milla —dijo él—. Por eso ahora tengo que darme prisa.

Sin embargo, se quedó allí plantado un momento, sin decir palabra, desmañado, como si lamentara no poder decirme, al igual que los otros niños, aquello de: «Uno de estos días tiene usted que venir a nuestra casa también…».

Se limitó a esbozar con los brazos un curioso gesto de desolación.

—Bueno, buenas noches, André. ¡Hasta mañana!

—¡Buenas noches, sita!

Lejos estaba yo de imaginarme, mientras lo observaba alejarse casi a la carrera, lo poco que lo vería a partir de entonces.

Menos de dos semanas después de aquel paseo bajo el cielo fascinante del veranillo de San Martín sobrevinieron lluvias heladas, vientos penetrantes y luego, exactamente el primer día de noviembre, nos despertamos con el mísero pueblo de la llanura rodeado de dunas de nieve como un puesto del desierto en sus arenas.

Pero, al menos, aquella mañana, al vigilar la cuesta,

tuve la alegría de ver aparecer allí, en lugar de las pequeñas siluetas de espaldas cargadas y hombros encogidos, una procesión de *cutters*: a la cabeza, el de Cellini, que entró un momento a calentarse las regordetas manos encima de la rejilla. Era un hombre expeditivo que no perdió un instante en informarme de que, a partir de ese día, traería él a sus hijos a la escuela y los recogería a las cuatro en punto, y que quedara claro que no iba a esperar a los castigados, esos que hicieran el camino a pie, así aprenderían la lección. A continuación, Odilon Lachapelle, con tanta prisa por volverse a marchar que apenas acababa de sacar el pie del *cutter* el más pequeño de sus hijos y ya estaba él en el camino de vuelta. Luego, un enorme bigotudo con la tropa de pequeños auverneses apretujada contra él bajo la misma piel de oso; y finalmente Morrissot, que traía a los niños Badiou junto a los suyos. Al ver aquello, me pregunté por qué no habrían pensado en organizarse todos para que él o cualquiera de los otros padres recogiera al conjunto de los niños de aquella zona, en lugar de ponerse todo el mundo en camino. Aunque fuera compensándoselo de alguna manera, habrían salido ganando, pero por lo visto nuestra gente no tenía todavía esa forma de pensar en aquellos tiempos.

Mientras los niños, felices de no tener que hacer más el camino andando, iban a colgar su abrigo en el vestidor y hablaban alegremente entre ellos, se fue expandiendo un agradable olor a frío y a nieve, atemperado por las bocanadas de aire caliente que se escapaban de la rejilla.

Yo me alegraba tanto como ellos. Ahora empezarían el día descansados, de buen humor, y todo iría infinitamente mejor. Entonces me di cuenta de que faltaba André. Pregunté por él a los Morrissot y a los Badiou.

—¿No lo habéis visto por el camino?

—No.

No llegó hasta una hora más tarde, a pie, las mejillas quemadas por el frío, y aún temblaba después de los cinco largos minutos que permaneció encima de la rejilla. De nuevo volvió a costarle mucho centrar la atención en la gramática, la geografía y la aritmética. Al ver al niño agotado, incluso a mí me pareció que aquellas materias no merecían la atención que les dábamos. Aproveché un momento en el que se acercó a mi mesa a enseñarme el cuaderno para preguntarle en voz baja:

—¿Tu padre no te va a traer a la escuela a ti también dentro de poco?

—¡Qué va! —dijo él—. Ya tiene demasiado que hacer por las mañanas: el cuidado de los animales, el ordeño…

—En ese caso, ¿no podrías ponerte de acuerdo con los Badiou y los Morrissot? Irías andando hasta su casa y ellos te traerían el resto del camino.

Se enderezó en el asiento.

—No nos gusta deberle favores a la gente. Tendrían que esperarme si me retraso. Ni siquiera ellos salen siempre a la hora establecida. No, lo hemos pensado, pero es pedir demasiado.

—¡Bueno! Pero al menos tu padre vendrá a buscarte por la tarde. Ahora que oscurece tan temprano…

Por sus ojos, más resignados que tristes, los de un hombre que las ha visto de todos los colores, cruzó una expresión de contrariedad… tal vez por haber hurgado yo en su vida con tanta persistencia.

—Por la tarde es lo mismo —me explicó, sin embargo, paciente, como si se hubieran invertido los roles y yo fuera el niño a quien había que abrir los ojos a la dura realidad—. Otra vez los animales, prepararlos, el ordeño… Y encima, nuestro viejo caballo ya no puede más. En invierno dependemos de él. A esa hora ya ha ido dos veces a buscar agua a una milla y media. Es duro con este tiempo. Hay que romper el hielo. Padre está muy cansado cuando vuelve del segundo viaje… No hay que pedirle demasiado —dijo con piedad.

—Por supuesto, André. Yo no sabía todas esas cosas, pero al menos podrías volverte por las noches con los Badiou. Solo te quedaría entonces media milla por hacer… ¿Quieres que les pregunte yo por ti?

Pareció dudar, atormentado entre su naturaleza reservada y la confianza que yo había conseguido inspirarle.

—No vale la pena, sita —terminó murmurando al tiempo que levantaba los brazos de impotencia.

—¿Y eso?

Le temblaban los labios.

—Pues bien, ¡ya está! No quería anunciárselo todavía. Mamá decía que esperásemos aún una semana o dos, que todo lo que aprenda para mí se queda. Pero yo sé de sobra que no hay manera: voy a dejar la escuela, sita.

—¡Dejar la escuela! André, ¡ni lo pienses!

Batió los brazos como un par de alas sin fuerza.

—Padre ya no da abasto. De hecho, ¿de qué le sirve matarse a trabajar como una bestia? Va a unirse a una explotación maderera en el norte. Eso puede que le dé para sacarnos a flote. Así que yo voy a tener que ocuparme de la casa.

—¿Y tu madre?

—Está en cama desde hace casi dos meses.

—No me habías dicho que estuviera enferma.

—Está esperando… —dijo él brevemente.

Sin apenas articular, me susurró muy cerca del oído:

—Si se levanta, con el tiempo que hace, puede perder al bebé, y, de hecho, está demasiado mala para hacer otra cosa que no sea dirigir desde la cama.

—¿No tenéis más ayuda en casa?

—Émile, únicamente.

—¿Tu hermanito? ¿Qué edad tiene?

—Solo cinco años.

Un resplandor dorado, de un profundo orgullo, casi de alegría maternal, se encendió al fondo de sus pupilas preocupadas.

—Es increíble lo que nos ayuda: meter la leña, secar los platos… ¡Es un ayudante estupendo, este pequeño Émile! De noche, cuando tengo tiempo, le doy clases. Ya sabe leer. Ya verá, sita, cuando venga a la escuela. Este va a ser un alumno mucho mejor que yo.

Despojado de su caparazón por el momento, se entregaba de lleno a soñar con un destino feliz para su hermanito Émile.

—Hasta que llegue ese momento, no eres más que un niño tú también. Y demasiado pequeño para cuidar de una casa, vamos.

Él se enderezó al instante y corrigió con aquella paciencia que utilizaba siempre conmigo:

—Tengo diez años largos. En dos meses cumplo once.

Aquella tarde me las apañé para que se montara en el *cutter* de Guillaume Morrissot, a quien conseguí pedirle a escondidas:

—Trate usted de esperar a André por las mañanas cada vez que pueda, y de llevárselo por las tardes.

—Si la gente no fuera tan orgullosa —me respondió él con bastante amabilidad—, está claro que no nos negaríamos el favor entre vecinos. Pero con ellos no es fácil, se lo digo yo, sita.

Sentado bajo las pieles con los demás, al abrigo, en el trineo que se marchaba rápidamente, André fue el único que no me pareció contento. El pequeño rostro de grandes ojos atormentados se hallaba en otra parte, anticipándose a las faenas que le estaban esperando. No volvería a la escuela nunca más.

III

Transcurrieron semanas y finalmente meses y me di cuenta de que no había pasado un solo día sin decirme a mí misma: no es posible, va a volver; sin vigilar cada mañana la pequeña cuesta solitaria transformada en una gran barrera de nieve, con la esperanza de verlo aparecer de nuevo, tal y como lo había visto la última vez, una flaca y pequeña silueta cargada de hombros… Y ni siquiera tenía noticias. ¡Nada todavía!

Solía preguntarle a los Morrissot, a los Badiou. Y ellos, ¿sabían algo?

La pequeña Lucienne se palmoteaba los costados con ambas manos.

—¡Nada de nada, sita! —decía—. Los Pasquier no dan señales de vida. *Asín* que nosotros, mejor, esperamos. No hay que meterse *ande* no nos llaman.

Un día me encontré a la señora Morrissot en el almacén general.

—Esa pobre mujer —me dijo refiriéndose a la señora Pasquier—, hay que ver qué pena da, en cama el embarazo entero por culpa de la constitución que tiene, que no es como la del resto de las mujeres. Nosotros los ayudaríamos, pero no es fácil, ¿sabe usted?, a la gente esa, pobrecillos, ya no se les puede uno acercar.

Yo le había enviado a André, por medio de los Badiou, el regalito que el consejo escolar ofrecía a cada alumno en Navidad. Le había añadido unos caramelos de mi parte y frutas para Émile. Hasta finales de enero no me llegó una nota de agradecimiento, y sospeché que los Badiou no se habían dado ninguna prisa en hacerle llegar mi paquete. La notita de agradecimiento iba firmada por la mano ya segura de André y, debajo, en gruesas letras contenidas entre dos renglones trazados a lápiz, Émile había puesto la suya.

Luego vino febrero y unos días de resplandeciente belleza. El sol tomaba fuerzas. Bastó una tarde de tiempo algo más suave para que la nieve de la superficie se fundiera y se cristalizara con el frío de la noche, ofreciendo por la mañana, bajo el fulgor del sol naciente, los centelleos de una piedra tallada en innumerables caras. Aquella costra dura era sólida. Un sábado muy temprano, me puse mis esquíes y, sin preocuparme de seguir la carretera, salí campo a través rumbo a la granja de los Pasquier.

Abordándola por detrás esta vez, desde lo alto de una colina, descubrí sin esfuerzo la casa en su estrecho valle, entre los árboles desnudos. Estaba allí escondida, con sus construcciones anexas, oscurecida por el tiempo, mas no fea de forma, con sus gabletes altos como para captar un pedazo de cielo desde los bordes de su nido oscuro. Seguro que en los años en los que la pintura todavía estaba reciente —amarillo claro a juzgar por lo que se veía—, resultaba flamante en medio de la vegetación. Me fui deslizando hasta la puerta trasera, que parecía la única que utilizaban, como en muchas de las granjas durante el invierno. Una profunda zanja cavada en la nieve llevaba hasta ella. Mientras me quitaba los esquíes creí oír unos vagos ruidos provenientes de la casa que cesaron en el acto en cuanto hube llamado a la puerta. Imaginé una profunda conmoción en el interior al no haberme visto venir nadie, sin duda. Por fin, vi que el pomo se giraba muy despacio. La puerta se abrió un dedo, descubriendo la mitad del rostro de un niño de ojos verdes y dorados como los de André. Mostraba la estupefacción del náufrago que ve aparecer a uno de sus semejantes en su isla.

—¡Así que tú eres Émile, eh!

Entonces abrió la puerta del todo y me dejó entrar sin pronunciar palabra todavía, mirándome de arriba abajo con una curiosidad intensa. Me vi en una amplia cocina luminosa, repleta de colada tendida de unas cuerdas que la cruzaban de lado a lado. Una débil voz llamó desde una habitación contigua a la cocina:

—¿Hay alguien? ¿Quién es, Émile?

Entonces, triunfal, la vocecita de Émile, fina y menuda, marchó a su vez rumbo a la habitación:

—Es la señorita de la escuela, mamá.

—¡Ay! ¡Dios mío! —exclamó la voz, volviéndose cálida al instante—. Dile que pase, Émile. Añade otro trozo de leña a la estufa. Cógele el abrigo. En cuanto se haya calentado un poco, tráemela aquí.

Y luego se dirigió a mí directamente, antes de haberme visto, con un poco de apuro tal vez:

—Perdone el desorden, señorita. Entre.

Yo entré en la habitación de la puerta abierta y, en una gran cama de hierro, tumbada completamente sobre la espalda, con la manta dibujándole el vientre hinchado, vi a una mujer de hermoso rostro cuyos ojos inmensos, tristes y dulces, me contemplaban con una intensa emoción.

—Rápido, Émile, deja libre una silla para la señorita…

124

No, mejor pon la ropa sobre el baúl… ¡Ay! ¡Cuánto polvo hay en la mesa! Pásale un paño, chiquitín. —Y, dirigiéndose a mí—: Siéntese, señorita, siéntese.

Tan pronto como me hube sentado junto a la cama, alargó la delgada mano, tomó la mía y me la estrechó, al tiempo que se le llenaban los ojos de lágrimas. De pie en el umbral, Émile se tragaba las suyas con esfuerzo. Ella se dio cuenta y lo despidió con ternura:

—Venga, rápido, haz algo útil, bichito. Súbete a una silla. Abre un poco la llave de la estufa, pero no te olvides de cerrarla otra vez en cuanto empiece a crepitar la leña. Y, ya que estás en la silla, recoge un poco la ropa, que debe de estar más o menos seca. Dóblala bien.

Cuando el niño, ocupado con la estufa, hizo ruido suficiente para cubrir nuestras voces, ella me pidió disculpas:

—Ni siquiera me he levantado para recibirla, ¡lo que estará usted pensando, señorita! Pero el médico me lo ha prohibido terminantemente. Y ahora que ya he recorrido todo este largo camino por él no querría perderlo —dijo acariciándose con dulzura el vientre—. Y eso que, al principio, a este no lo queríamos.

Los ojos se le humedecieron de nuevo.

—A Émile sí que lo queríamos, aunque me hubiera pasado en la cama seis meses con André y supiéramos lo que me esperaba. Aun así, Antoine y yo nos habíamos dicho que merecía la pena. Pero luego, después de Émile, nos dijimos: ¡Nunca más! ¡Nunca más! ¡Y ya ve! Es que la naturaleza tiene sus exigencias…

Émile había vuelto a la puerta de la habitación, la carita tensa tras sorprender nuestra conversación.

Su madre lo envió de nuevo a vigilar el fuego y barrer un poco la cocina.

Volvió a tomarme de la mano, sonrió casi alegremente a través de sus lágrimas.

—André es quien se va a poner contento. Ha ido a ocuparse de los animales. Hemos enviado algunos a la granja del vecino, un islandés. ¡Un hombre decente como ninguno! Thorgssen. También se ocupa de hacernos los recados. Pero aun así tuvimos que quedarnos con una vaca para la leche de casa. Y con el viejo caballo, para cuando no esté Thorgssen. Cuidar de las aves, ordeñar la vaca y limpiar el establo es mucho para un niño de once años… por no hablar de las comidas.

Me tomé la libertad de preguntarle por qué no le pedía ayuda a la señora Badiou, que parecía muy dispuesta.

—¡Ya lo creo que sí! —me respondió—. ¡Una mujer decente como ninguna! Pero ella misma tiene seis niños, y el mayor ni siquiera ha cumplido los siete. Un bebé por año sin fallar uno. Y ella, aunque sus embarazos no son difíciles, tiene unos partos interminables, sin embargo. Tres días estuvo gritando la última vez…

De repente, yo ya tampoco podía más y lloré con ella por la miseria femenina.

—Al menos su marido estará de vuelta para cuando…

—¡Ay, si pudiera! Pero su sueldo de allí por el invierno completo es nuestra única salvación. Con eso terminaremos por fin de pagar la trilladora y saldaremos nuestras deudas. De lo contrario…

En ese momento, el ruido de unos pies sacudiéndose la nieve hizo que nos calláramos. Entró André, que lanzó al vuelo la gorra de visera colgándola de un clavo de la pared, se deshizo de su chaqueta y se inclinó para comenzar a desabrocharse las altas botas. Los gestos, la actitud y la expresión del rostro eran los de un hombre que vuelve a casa cansado y un poco embrutecido por la labor rutinaria. Émile, que se encontraba al otro lado de la estancia, doblando la ropa, le susurró que mirara… y viera quién estaba allí…

André alzó la mirada, me vio sentada junto a su madre y se ruborizó de la emoción. Se acercó tendiéndome la mano con un poco de ceremonia, mas, en cuanto nos hubimos saludado, se inclinó solícito sobre su madre.

—¿Te ha vuelto a doler? ¿Estás bien?

Ella extendió la mano y le echó para atrás el flequillo rubio ceniza que le caía sobre los ojos, como a mí me habían entrado ganas de hacer tantas veces.

—Muy bien —dijo ella—. Pero vamos a quedarnos a tu señorita con nosotros. ¿Puedes tratar de hacer una tortilla?

Asintió alegremente, se fue a la cocina a ponerse un gran delantal de tirantes y comenzó a su vez a darle órdenes al pequeño Émile:

—¡Venga! Leña menuda o corteza para que prenda el fuego. ¡Espabila! O, mejor, súbete a una silla y abre la llave de paso mientras yo voy a por serraduras.

¡Súbete a una silla! Estoy segura de que jamás en la vida he oído repetir esa orden en tan poco tiempo ni he visto ejecutarla tanto, porque cada vez que desviaba la mirada hacia la cocina, ahí estaba, efectivamente, el pequeño Émile encaramado a una silla, de puntillas, para alcanzar las mejores tazas, atrapar el mantel nuevo en la alta alacena o volver a cerrar la llave de paso de la estufa, que, claramente, hacía demasiado ruido.

André, por su parte, estaba muy atareado. La madre me rogó que tirara un poco de la cama para poder vigilar mejor a los niños mientras trabajaban, aconsejándoles todo el tiempo.

—Bate los huevos con suavidad, André.

Me ofrecí a ayudarle.

—No hace falta —me susurró—. A André le gusta hacer las cosas solo. Es receloso, y también tiene que acostumbrarse.

Finalmente, me invitaron a sentarme a la mesa. Tomé un bocado de la tortilla. Mastiqué una sustancia insípida que tenía la consistencia del caucho. Aun así, conseguí comerme la generosa porción que me había servido André. Él me observaba atentamente, y cuando me hube tragado el último bocado, le dio un codazo a Émile:

—¡Has visto lo bien que me ha salido la tortilla!

Émile, con una mueca, empujó su plato.

—No se puede comer. ¡Está dura como una bota vieja!

Yo me volví hacia la madre. Intercambiamos una sonrisa furtiva. André le había llevado una pequeña bandeja. Ella comía, incorporada un poco en la cama, la espalda apoyada en unas almohadas.

Para el postre, se colocaron uno a cada lado de la cama con un platito en la mano, y le dieron de comer a cucharadas de una gelatina de frutos rojos que les había traído Thorgssen. Le iban rogando por turnos:

—¡Una cucharadita por André!

—¡Una cucharadita por Émile!

Sin apetito, ella tragaba con esfuerzo, para darles gusto.

Pensé en la abeja reina, apoyada lo mejor posible por sus pequeños servidores en su terrible tarea de proveedora de la especie.

Cuando acabó la comida, André lavó la vajilla y las tazas del desayuno y del almuerzo juntas, ayudado por Émile, que las iba secando y, subido a una silla, las guardaba.

Le propuse a la madre dormir un poco mientras yo descansaba también antes de emprender el camino de vuelta, que había de ser pronto si quería hacer el trayecto de día.

Ella me cogió otra vez la mano.

—Si usted quisiera… Si fuera usted tan amable de ayudar a André. Yo no he podido ayudarlo con el último problema de cálculo. Está desmotivado, ya no quiere abrir sus libros, ¡y eso me da tanta pena!

Le dije que lo ayudaría, por supuesto. Entonces André volvió a pasar un paño húmedo sobre el hule de la mesa redonda, rascó con la uña una mancha rebelde, fue a buscar el material escolar —los libros, los cuadernos, el bote de tinta—, y la gran mesa, así cubierta, le dio a la habitación aspecto de escuela. Émile seguía todos nuestros gestos como si fueran los misteriosos preparativos de una fiesta desconocida.

Localicé la dificultad en la que se había quedado atascado André y empecé a explicársela. De repente, vi que el rostro, gris de cansancio, comenzaba a pesarle, se le caía un poco hacia el hombro, los ojos cerrándosele mal de su grado. Se durmió así, prácticamente derecho en su silla, cinco, diez minutos tal vez. Yo no me atreví a hacer ningún movimiento, y contemplé con malestar y alivio al mismo tiempo la carita descubierta que tenía delante. Ya no parecía un niño frágil. Dormido, con la cabeza inclinada sobre el hombro, me recordó a una flor doblada sobre su tallo demasiado delicado. Se despertó tan bruscamente como se había dormido, se sacudió, se excusó, achacó su «adormimiento» al calor de la casa, dijo que ahora estaba listo para seguir mis explicaciones. Y, en efecto, tuve la alegría de ver que por fin las comprendía. Pareció orgulloso y feliz.

—No es tanto por mí, sino por ayudar a Émile más adelante, cuando le llegue el turno.

—Para ti también, pequeñín, lo corrigió la madre. ¡Si hubiera un modo de que al menos no perdieras el curso!

Pedí a André que retomara el problema para asegurarme de que lo había comprendido bien. Le dije que escondiera en alguna parte la solución y tratara de hacerlo unas cuantas veces más sin mirarla, si podía. Ya que estaba allí, le puse un poco de tarea para más adelante, dándole otros problemas de cálculo, algunas reglas de gramática, puntos de referencia, finalmente, que le ayudarían a trabajar solo. Estaba igual que en la escuela, con el cuerpo en tensión para enterarse de las explicaciones y el esfuerzo y una especie de alegría solemne coloreándole la frente. El tiempo pasó tan rápido que me sorprendí mucho cuando oí, proveniente del dormitorio, la voz dulce de la madre:

—¡Émile, cariño! Me pregunto cómo hacéis para poder seguir viendo. Súbete a una silla y coge la lámpara. Tráemela con una cerilla para que os ponga un poco de luz.

Aparté los ojos de los cuadernos, de los libros abiertos. Más allá de los límites del valle, lo que alcanzaba a ver de la llanura estaba pálido ya, habiéndose ocultado el sol tras el horizonte. Entonces me pareció que la casita en penumbras se llenaba de algún tipo de alegría misteriosa. El primero en gritar de contento fue Émile:

—¡La señorita ya no se va a poder ir! Se está haciendo de noche. Se la podrían comer los lobos por el camino.

—Es verdad, señorita —asintió André, menos exultante pero firme—, ya no puede marcharse, con la hora que es. La noche la sorprendería por el camino. Nos íbamos a quedar muy preocupados aquí.

La madre le dio la razón:

—Es verdad, a estas horas no sería sensato.

Tras dudar unos segundos, me rendí a sus objeciones. Aventurarme a aquella hora a través de la llanura de aspecto solitario y trágico no me apetecía nada, de hecho. En cuanto incliné la cabeza en señal de asentimiento, una calurosa animación se apoderó de la casa, aunque ordenada y orquestada desde la gran cama de hierro.

—André, levanta la trampilla, ve al cuarto grande de arriba a por las sábanas de lino. Las que nos trajimos de Francia. Las vas a desdoblar sobre las sillas para que se calienten delante del horno abierto. Y ahora mismo, antes de subir, abre la puerta de la otra habitación de abajo para que entre el calor.

Mandamos al diablo el miedo a que se incendiaran la tubería y la chimenea atestando la estufa de leña ligera, que crepitó alegremente. A Émile le volvieron a pedir que se subiera a una silla para accionar otra vez el tiro, abriendo la llave. Mientras las sábanas extendidas de un respaldo a otro de las sillas colmaban la casa de una deliciosa fragancia al calentarse, André, taza de harina y bol para remover en mano, fue a consultarle a su madre las cantidades que había que mezclar para hacer la masa de los crepes.

De lo que comimos para cenar ya no me acuerdo. No tenía importancia. Lo que resultó inolvidable fue lo reconfortante de aquel interior, su delicada belleza, con sus dos lámparas encendidas, una en la habitación de la madre y la otra para nosotros en la cocina, el resplandor reflejándose en las ventanas invadidas por la noche.

Una vez lavados los platos y realizada la labor en el establo —tan rápidamente que me pregunté si André no habría dejado la vaca a medio ordeñar—, el pequeño Émile preguntó:

—¿Vamos a quedarnos levantados? ¿Vamos a tener una velada de verdad?

Como aliviado del peso de las tareas del día, ya todas acabadas, André asintió con indulgencia. Fue al salón, que mantenían cerrado para no tener que calentarlo, a buscar un gramófono. Lo colocó encima de la mesa y le dio vueltas a la manivela. Puso un disco. Empezó a sonar algo que, por momentos, recordaba remotamente a una vieja canción de Maurice Chevalier. Lo que yo oía, sobre todo, eran chisporroteos, silbidos, maullidos… y luego como si todo fuera a disgregarse. André se apresuraba entonces a darle más vueltas a la manivela. Los siseos, los maullidos y los balidos comenzaban de nuevo. Los niños estaban extasiados.

Tras escuchar y volver a escuchar los tres discos, Émile se arrodilló en el suelo a mis pies y me plantó los codos en las rodillas, mirándome suplicante.

—¿Nos contarás una historia?

Sentado a horcajadas, a la manera de un hombre, las manos unidas sobre el respaldo de la silla, André no dejaba de tener escrito en el rostro el mismo deseo que Émile.

Les pedí que se acercaran y ¡Dios mío, con lo muerta de cansancio que estaba, que solo deseaba irme a dormir, ¿cómo es que me lancé a contarles la larga historia de Aladino y su lámpara maravillosa?

Sin duda, debido al efecto milagroso que había causado en esta pobre casa aislada la única tímida luz de la lámpara. Pero ya sabemos que esta historia no tiene fin.

Me caía de sueño yo misma contándola. Miraba a Émile, veía que le pesaban los párpados y me decía a mí misma: «Bueno, ya está, se va a quedar dormido, por fin me liberaré», pero entonces se llevaba las manos a los ojos, los mantenía entreabiertos a la fuerza hasta que se le pasaba la necesidad de dormir más imperiosa, y volvía a espolearme sin piedad:

—¡Venga!, y ¿qué pasó? ¡La historia no ha terminado!

Finalmente terminó. Fui con ambos niños a preparar a la madre para dormir, a desearle las buenas noches. Nos acostamos, yo en la habitación del este, como ellos la llamaban, Émile en una especie de pequeño trastero que daba a la cocina y André en un diván cercano a la habitación de su madre para poder oírla enseguida si llamaba.

André había atizado tanto el fuego para caldear mi zona que, con las mantas quitadas, seguía teniendo demasiado calor y tardé en dormirme. Sin embargo, dos horas más tarde, tal vez, me desperté helada.

La madre llamaba en voz baja, se diría que con el deseo de no despertarlo a pesar de todo.

—¡André! Se ha apagado el fuego. Empieza a hacer frío, André.

La llamada se reanudó algo más tarde. André no parecía moverse. Me levanté, me acerqué al diván donde dormía. Una luna llena blanca, dulce y tranquila entraba rebosante por la ventana de la cocina. Iluminaba el rostro de André, por fin descansado, sin preocupaciones, sin angustias, sin el peso de las responsabilidades. Tenía la frente lisa; el dibujo de la boca, puro. De repente, vi que en sus labios entreabiertos se esbozaba una sonrisa. ¿Qué pensamiento en sueños le habría aportado por fin relajación?

Bajo la luz de la luna, encontré sin esfuerzo lo necesario para volver a encender el fuego. Mientras esperaba a que prendiera bien, fui a sentarme junto a la madre. Los ojos le brillaban en la penumbra. Tenía su rosario en la mano.

—¿Cómo piensa hacer cuando llegue el momento? —le pregunté.

—Muy fácil —me tranquilizó ella—. André irá corriendo a avisar al bueno de nuestro vecino, Thorgssen. Este uncirá los caballos y se irá a buscar al médico.

—¿Y si hiciera muy mal tiempo?

—Thorgssen irá de todas formas. Se lo ha prometido a mi marido. De hecho, no tiene que preocuparse así por mí, señorita. Aunque mis embarazos sean difíciles, mis partos son fáciles. Ya sabe, no va a tocarle a una todo lo malo.

Iba a retirarme. Ella me cogió la mano con aquel gesto conmovedor que había tenido varias veces ya, como para expresar una mezcla de gran necesidad del alma y confianza.

—Si mi marido vuelve tal y como hemos acordado, hacia finales de abril o principios de mayo, y André puede regresar a la escuela, ¿cree usted que será posible que termine el curso, a pesar de todo? No sé cuánto daría por ello.

En mi fuero interno, lo dudaba.

—Haré todo lo que pueda —respondí sencillamente.

Me dio las gracias apretándome la mano. Yo volví a acostarme después de reajustar el tiro de la estufa. Esta vez dormí como un tronco. Cuando me desperté era completamente de día. El olor a café recién molido y a pan tostado al fuego embriagaba la casa.

Sorprendentemente, André consiguió servirnos un excelente desayuno. La mantequilla tenía un sabor muy fino, batida en casa siguiendo las instrucciones de la madre.

Les aseguré que no había probado nada con un sabor tan delicado desde que iba a casa de mi abuela de niña. André se puso colorado de placer.

Esta vez no podía retrasarme. Con el sol en lo alto, la llanura era un mar liso, suave y brillante al igual que en la mañana del día anterior. Había que darse prisa y aprovechar esas horas luminosas. Me acordé con una singular sensación de malestar de la caída repentina, casi siniestra, de la noche que nos había sorprendido la víspera en medio de la tarde. Dije adiós a la madre, a los dos niños de repente serios al ver que estaba lista para marcharme.

Me apresuré, pues por fin me dio por pensar que, si quedándome en casa de los Pasquier los había dejado a ellos más tranquilos, a mi casera del pueblo a lo mejor la había sumido en la inquietud.

Alcancé el borde elevado del valle, lo franqueé, ascendí un poco más aún, llegué a una pequeña colina. Allí me detuve para mirar atrás un momento. Todavía distinguía bastante bien, al fondo de su embudo, la pequeña granja perdida.

De repente, se abrió la puerta de atrás. Apareció una silueta delgada y algo cargada de hombros que arrojó por los aires el contenido de un cubo, se colgó el asa del brazo para dejarse las manos libres, extrajo algunos pedazos de leña del cobertizo cerca de la puerta, se cargó con algún otro objeto —tal vez ropa puesta a ventilar— y entró cerrando la puerta tras de sí con un presto movimiento del pie. Poco después, desde el valle ascendió un humo espeso.

Volví a ponerme en marcha diciéndome: no hay nada que temer, la casa está en buenas manos.

LA TRUCHA EN EL AGUA HELADA

I

En toda mi vida de maestra nunca he tenido tanto miedo como de aquel niño. Además, fue mucho antes de haberlo visto, pues apenas acababa de llegar, toda desarmada, a aquel pueblo aislado de la llanura para tomar posesión de mi puesto.

Ya desde los primeros días, cuando parecía que las cosas arrancaban bien entre los alumnos y yo, si me paraba, muy contenta, a comentarlo como si nada mientras esperaba mi correspondencia en el mostrador de correos del almacén general, siempre había alguien para rebajarme mi entusiasmo nuevo de principiante.

—¡Ah, conque todo va muy bien! ¡Mejor así, mejor así! Aproveche. Porque cuando le llegue Médéric, verá cómo cambia la cosa.

Me contaron que había puesto en su sitio a la «maestra de antes» con la punta de una navaja cuando esta quiso castigarlo a reglazos. Afirmaban… afirmaban… No hubo nadie que no me predijera que entre nosotros iba a ser la guerra… una guerra hasta el final. Y, en efecto, entre nosotros fue la guerra, pero mucho más compleja de lo que me la habían predicho, una guerra misteriosa en la que nos enfrentamos por así decirlo sin armas, igual de desvalidos los dos.

Había pasado la primera quincena de septiembre. En casi todas las granjas terminaban las pesadas faenas del campo. Se entregaba el trigo cosechado y se descargaba en los enormes silos del pueblo. Al pasar junto a ellos, aspiraba el amargo olor cargado sin embargo como ninguno de las lentas y suaves maduraciones del verano. Mis alumnos mayores, que habían ayudado en las siegas, volvían uno a uno. ¡Todos salvo Médéric! Yo lo esperaba, más asustada cuanto más tiempo pasaba y más ocasiones tenía mi imaginación de representárselo bajo aspectos cada vez más detestables. Y, de repente, una mañana en la que en realidad me había olvidado de él, absorta como estaba en mi tarea, he aquí que apareció de improviso, tomándome por sorpresa, algo muy propio de él.

Me hallaba en la pizarra escribiendo los datos de un problema. De pronto, a mi espalda, ¡silencio total! Me volví enseguida, inmediatamente alarmada. La clase había dejado de prestarme atención. Pequeños y grandes, todos tenían la mirada clavada a lo lejos, en el llano, en un punto blanco que se acercaba rápidamente. Hice como ellos. El punto blanco se convirtió en un caballo de crin negra. Y pronto distinguí, casi acostado sobre el lomo de su montura, a un joven jinete que, con gestos iracundos, azuzaba el galope ya forzado de la fogosa criatura. Llevaba colgando tras la nuca un inmenso sombrero de *cowboy* que, cuando lo vi más de cerca, me pareció abollado y maltratado a conciencia. Al igual que los niños, me vi acaparada por la llegada espectacular y comprendí enseguida que se trataba de Médéric.

Estaba ya en la entrada del patio. En vez de meterse por el camino, espoleó a su caballo, le hizo franquear de un brinco la alambrada y mantuvo el mismo impulso hasta el gran mástil en lo alto del cual flotaba la Union Jack. Desmontó de un salto y se puso a atar el caballo, que, al sacudir la cabeza con furia, hizo que se tambaleara el poste y la bandera tembló como bajo una ráfaga de viento.

Después de tanta velocidad, se acercó sin darse ninguna prisa, más bien arrastrando los pies y bamboleándose, como para exasperarnos más con la espera en la que nos había sumido.

Con el sombrero de ala ancha encasquetado ahora sobre la frente, el muchacho alcanzó por fin el umbral y allí se plantó separando las piernas, las manos al fondo de los bolsillos de su pantalón de rayas, un cinturón de tachuelas sobre las caderas y botas de tacón con motivos mexicanos. Desde allí nos contempló insolente, con una mirada en la que había desdén, conmiseración por nuestro cautiverio y, tal vez en el fondo, tras la fanfarronería, la experiencia de una ya larga soledad. Luego, con ágiles zancadas, silbando sin apocarse más de lo que lo hubiera hecho en la calle, avanzó por el pasillo central.

Mi clase, como en la gran mayoría de las escuelas rurales de aquellos tiempos, estaba amueblada con bancos de dos plazas fijados a un largo pupitre que comprendía un tintero a cada extremo del tablero, una ranura para los lápices y, en el interior, dos compartimentos separados.

Médéric llegó al centro del aula. Había allí un pupitre ocupado en un solo extremo por uno de mis alumnos más pequeños. Se dejó caer a su lado y, con un movimiento de la cadera, lo envió volando al pasillo de la izquierda mientras él mismo se repantigaba para ocupar todo el sitio. Entonces me dirigió una mirada en la que creo que había menos insolencia que ganas de divertirse en la escuela, aunque fuera un poco, puesto que no tenía nada mejor que hacer.

Ayudé a levantarse al pequeño, que lloraba de verse sobre el trasero con todas sus pertenencias esparcidas por el suelo. Le dije: «Ven. Mejor te sientas en otra parte antes de quedarte cerca de este grandullón que todavía no ha aprendido a comportarse».

Me moría de ganas de seguir en aquel tono, pero pude contenerme y volver a mi lección como si no hubiera pasado nada, aunque solo me fijara en Médéric. Lo estudiaba con el rabillo del ojo buscándole el punto débil, y a lo mejor él hacía lo mismo conmigo, porque más de una vez lo sorprendí buscándome con la mirada, exasperado y tal vez decepcionado por no haber conseguido sacarme de mis casillas todavía. Aun así, un instante después, cuando pensaba que quizá había captado su atención al percibir en su mirada una especie de asombro que intenté mantener desplegando más medios aún, me bostezó ostensiblemente en la cara, abriendo la mandíbula de par en par al tiempo que estiraba en el pasillo sus largas y delgadas piernas. De esta forma se preparó para hacer caer de bruces a casi todos los que pasaron por allí, poniéndoles la zancadilla. Apenas se dignó a doblar un poco las piernas cuando yo misma hube de pasar por aquel pasillo.

Y yo lo dejaba, porque, ¿qué iba a hacer? Tenía dieciocho años y él iba a cumplir catorce. Me sacaba más de una cabeza y, sin duda, ventaja en muchas cosas de la vida.

Así, sin proponérmelo, lo que más me sirvió contra Médéric desde el principio fue precisamente mi inexperiencia. Sin saber cómo arreglármelas con un muchacho de esa edad, al no atreverme a hacer nada ni decir nada, pero sí mantener, por compostura, un aire lejano e inaccesible, terminé enfadándolo prodigiosamente. Como no daba con la manera de hacerme perder la paciencia, se puso a romper páginas del cuaderno por aburrimiento y a hacer bolitas de papel con ellas, que embadurnaba de cola y a continuación disparaba al techo sirviéndose de su regla como lanza proyectiles y de un hábil movimiento del pulgar. Habiendo comenzado este juego —que aparentemente no le divirtió mucho tiempo puesto que yo no le prestaba atención—, se vio de algún modo obligado a seguir, aunque cada vez con más desgana. Así pasó el día. A las cuatro, con la clase preparada para marcharse, lo llamé por su nombre por primera vez:

—¡Médéric Eymard!

Se dio la vuelta de golpe, la mirada encendida ya, apretando los puños, a la defensiva.

—Era solo para hablar contigo. Pero si te da miedo…

Buscó con la mirada la complicidad de la clase para hacerla reír por ser yo tan simple como para creerlo capaz de tenerme miedo. ¿Había perdido ya su influencia? No atrajo demasiadas miradas. Las filas avanzaron dejándolo solo en medio de la clase, como un pedazo de madera a la deriva extraviado en la playa. Volvió a su sitio tratando de hacerse el fanfarrón de nuevo. Pronto, en el silencio que prolongué a propósito, empezó a morderse las uñas. Sentada a mi mesa, yo trataba de darme ánimo. Ordenaba papeles. Abría cuadernos. Hacía como si estuviera muy concentrada. En realidad, esperaba a que se me calmara el corazón. Al rato me atreví a levantar la mirada y, al posar los ojos en él, me dio la sensación de que le estaba resultando igual de difícil que a mí. La idea de hablarle de maestra a alumno con todo aquel espacio vacío de por medio me pareció ridícula. Me levanté, caminé hasta su pupitre y, un poco temerosa, recogiéndome bien la falda alrededor de las piernas, me senté en el extremo opuesto de su banco. Él entonces encogió un poco las piernas para hacerme sitio. Nos quedamos en silencio uno junto al otro, mirando al frente, no sé cuánto tiempo. Con un movimiento de la cabeza, me eché el pelo hacia atrás, pues unas mechas rebeldes me velaban siempre un poco la cara. Me atreví a observar a Médéric. Entonces me di cuenta de que no era más que un niño, al fin y al cabo; la nuca frágil, el cuerpo esbelto pero delicado. Sus ojos sobre todo, que se veían como infinitamente alejados de mí, me sobrecogieron. Eran de un color entre el azul y el violeta, como nunca había visto hasta entonces ni he vuelto a ver después. Me recordó a las raras tonalidades que a veces revisten los crepúsculos de verano. Bajo unas largas pestañas negras muy tupidas, parecían ahora abochornados, confundidos, desconcertados. Me acordé de las palabras de mi casera: «No se deje engatusar por los ojos angelicales de Médéric. Los tiene para sacar de quicio a la gente mejor».

En cualquier caso, sentada en silencio junto a él, yo lo intimidaba mucho, y ninguno de los dos comprendíamos, creo yo, cómo habíamos llegado a eso. Aquel silencio que yo observaba desde mi extremo del banco, las manos juntas, era mi baza con él sin que yo fuera consciente de ello.

Al final hablé como si me dirigiera a mí misma:

—Supongamos que de pronto llegara el inspector académico o el cura, que no tiene muy buen humor, según dicen, o incluso, simplemente, alguien del consejo escolar, y preguntara: «¿De dónde viene esa curiosa decoración del techo?…». ¿Qué podría responder salvo: «De mi alumno el mayor, mire usted, con el que no tengo autoridad, puesto que me saca más de medio pie?…».

Hice una pausa.

—… de hecho, es el único lo suficientemente alto para despegarme todo eso, si no le importa…

Sin apartar la mirada del punto lejano donde la tenía clavada, Médéric acusó el golpe. Me di cuenta por el movimiento de sus hombros y por la contrariedad que se le extendió por el rostro al verse obligado a darme la razón.

Se levantó del banco bruscamente, fue a buscar la escalera al fondo de la clase, se subió y, con ayuda de la escoba, se afanó en deshacer su labor de la jornada. Yo le daba ánimos desde abajo:

—¡Esa esquina de allí! ¡Esa esquina de allá!

Cuando bajó, colorado del esfuerzo, creo que estaba menos ofendido que extremadamente asombrado de que hubiera sido capaz de empujarlo a hacer de mujer de la limpieza. Me examinó con una mezcla de desafío y de vergüenza. Pero sobre todo tenía prisa por marcharse y, de repente, sin un adiós ni buenas tardes, se fue. Se montó a horcajadas en el caballo, se echó el inmenso sombrero hacia atrás de un manotazo y lanzó su montura a toda velocidad, apremiándola con la voz. Pronto, al igual que por la mañana pero ahora disminuyendo de tamaño por segundos, no fue más que un punto negro y blanco en la inmensidad de la llanura rasa. Lo seguí con la mirada hasta que lo engulló la distancia azul creciente. El espectáculo, representado por lo visto para mí sola en mi ventana, me pareció esta vez la confesión de una soledad tan profunda como únicamente puede haberla en los últimos días, casi, de la infancia.

II

Me equivoqué, sin embargo, creyendo que me había ganado a Médéric. Es verdad que no volvió a cuestionar mi autoridad delante de los demás. Hizo como si aceptara las reglas del juego. Hasta consintió separarse de su sombrero de *cowboy* en clase. Una mañana, al quitárselo, llegó incluso a dirigirme un saludo tan exagerado que fue imposible tomarlo por una cortesía. Pero, salvando aquellos momentos en los que estaba entre nosotros para burlarse de la clase, seguía siendo inasible. Yo desplegaba esfuerzos inauditos de inventiva para obtener su atención. Cuando a veces la obtenía a su pesar, me miraba como si fuera a dejarse atrapar y, de repente, se había vuelto a marchar. Con la mirada perdida a lo lejos, partía en alguna ensoñación que nos excluía a los demás. Me daba pena, aunque en mi fuero interno deseara muchas veces que aquel indisciplinado se fuera al infierno. Mi clase funcionaba tan bien antes de que llegara… ¿Por qué había tenido que heredar a aquel fenómeno de la naturaleza?, me preguntaba. Dos o tres veces traté de no hacerle ningún caso, de abandonarlo —puesto que eso era lo que estaba pidiendo— a su ignorancia, a su holgazanería, pero enseguida resultaba superior a mis fuerzas, y el deseo de hacerlo avanzar costara lo que costara podía conmigo. De modo que tal era la fiebre que sentía, imperiosa como el amor; de hecho, esa apasionada necesidad que he tenido toda la vida, que todavía tengo, de luchar para obtener lo mejor de cada uno es amor.

Volvía junto a Médéric y ponía todo en funcionamiento para captar su mente viajera. En ocasiones conseguía despertar en aquel rostro de aspecto ausente la expresión de un fugitivo interés, pero, apenas me daba cuenta, había vuelto a escaparse fuera de mi alcance. A veces, viéndolo tan cerca y siempre dispuesto a esfumarse, me parecía un animal inocente que a lo mejor terminaría por dejarse atrapar y, aunque deseaba su captura, llegué a experimentar cierta pena por él. Debía de deambular infinitamente lejos en sus sueños de libertad porque cuando lo llamaba enérgicamente al límite de mi paciencia, Médéric tardaba en volver y acusaba siempre el golpe de encontrarse en la escuela, detrás de un pupitre, arqueando el cuello como para liberarse de una atadura. Incluso llegué a dudar si traerlo de vuelta de sus viajes imaginarios. ¡No es que fueran todos alegres! En el crepúsculo más acentuado de sus ojos intuía que a veces lo arrastraban hacia dolorosos recuerdos. Pero, también muy a menudo, sus sueños lo transportaban al refugio que se construyen los niños en su edad más vulnerable, fuera del alcance de cualquier peligro. Y fue la idea de distraerlo de este tipo de viajes la que pronto me provocó más escrúpulos. Yo misma me hallaba apenas recuperada, apenas recién salida de los sueños de la adolescencia, tan poco resignada aún a la vida adulta que cuando, por la mañana temprano, veía aparecer desde la ventana de mi clase a mis pequeños estudiantes por la llanura fresca como el alba del mundo, me daban a veces ganas de salir corriendo hacia ellos y ponerme para siempre de su lado en lugar de esperarlos en la trampa de la escuela.

—¡Venga, Médéric, vuelve!

Como al final se lo rogaba siempre con circunspección, no dejaba nunca de volver por un momento a mi llamada, sonriéndome incluso al reconocerme si se daba la ocasión… antes de volverse a marchar.

No le asigné un compañero de pupitre, pues comprendí que no soportaría a ninguno. De hecho, ¿con quién ponerlo? Con lo poco adelantado que estaba para su edad, habría tenido que sentarlo con uno más pequeño que él, y esto lo habría humillado y acrecentado su sensación de aislamiento todavía más. Dejé libre el lado derecho del banco y, de esta manera, al quedarse el sitio disponible, tomé sin darme cuenta la costumbre de sentarme junto a Médéric cada vez que tenía que explicarle un problema a él en particular. Inconscientemente debí de notar que, si me quedaba de pie junto al esbelto adolescente, parecería pequeña y menuda, e imaginaba que perdería prestigio y autoridad a sus ojos. Por el contrario, si lo mandaba venir a mi mesa, sería él, delgado y torpe, encorvado para enterarse de la explicación, quien vería mermada su gracia. Debió de ser con el objeto de evitar esta contrariedad por lo que comencé a sentarme en un extremo de su banco cada vez que me invadía la fiebre de meterle una lección en la cabeza al precio que fuera. Poco a poco, se convirtió en algo natural para mí y empecé a hacerlo a menudo, aunque teniendo cuidado de dejar el mayor espacio posible entre nosotros. Un día en que nuestras rodillas se rozaron por torpeza, retiró la pierna con la vivacidad de un animal desconfiado. De lo contrario, parecía aceptar como una obviedad que me sentara junto a él, algo que yo hacía además con algunos de los otros niños, aunque eran más pequeños. Empecinándome en hablarle así, cara a cara, pensaba ganar terreno y que conseguiría despertar en él el gusto por el estudio.

De haber tenido yo más experiencia quizá me habría dado cuenta de que él ganaba por lo menos tanto terreno como yo y, en muchos casos, me lo hacía perder.

Un día, con un libro de gramática abierto ante nosotros, me hallaba haciendo grandes esfuerzos por enseñarle una regla sobre la concordancia del participio cuando me di cuenta por su expresión de que, una vez más, había dejado de escucharme. Su mirada erraba por los campos de alrededor y, durante un momento, dejó entrever unas ganas tan grandes de estar en el exterior que, aunque yo no había visto nunca a ningún prisionero, imaginé que así debían estos de contemplar los horizontes libres. Gaspard, el semental blanco de crin negra atado al mástil, levantó en ese instante su elegante cabeza con la mirada dirigida hacia la escuela. Yo le había rogado varias veces a Médéric que lo atara en otra parte, haciéndole ver que el inspector académico, cuya visita esperábamos cualquiera de esos días, iba seguramente a reprocharme el haber permitido algo que podía parecer una afrenta a la bandera de su majestad británica. Médéric había esbozado una mueca, dándome a entender que, en su opinión, era más bien una muestra de honor para con su muy británica majestad el aliar un animal tan noble a su emblema. Aun así, se había medio comprometido a satisfacerme en aquel punto, pero alrededor de la escuela la única elevación que había era el pequeño montículo desde el que Gaspard, cuando se aburría mucho, podía al menos ver el interior de la clase, soltando entonces a veces en mitad de una lección un extraño relincho, tan dulce y suplicante que nos interrumpía por completo. Yo sabía que Médéric no consentiría nunca privar a Gaspard del consuelo de ver a los niños por las ventanas de vez en cuando, en el transcurso de la jornada. De modo que me armaba de paciencia, esperando que el inspector retrasara su visita hasta que llegara el frío «porque entonces —me había dicho Médéric—, si por casualidad vengo a la escuela todavía, tendré que encontrarle a Gaspard un sitio calentito en un establo que esté lo suficientemente cerca».

Así que aquel día, me acuerdo perfectamente, estaba hablando de «participios que concuerdan si esto… y no concuerdan si aquello…», cuando Gaspard dirigió hacia nosotros, en la escuela, su cabeza alargada de estrecha frente. Poco después, en el silencio de la tarde resonó un vibrante alarido de reproche. No era el relincho habitual de Gaspard, sino como si estuviera tratado de hacernos comprender la locura que era dejar pasar la vida atados, él a un mástil; nosotros, los niños y la maestra, a nuestros pupitres. La queja debió de conmovernos a todos porque levantamos la mirada al unísono y, con una inmovilidad soñadora, desertamos por la ventana en un silencioso enjambre. Y es que el día era tan hermoso que quitaba el aliento, y todavía no habíamos visto nada. En la lejanía, al fondo del llano país, pegada al horizonte tapizado de un azul intenso, una línea baja de arbustos encendidos con los colores del otoño parecía en llamas. Tan fuerte era la ilusión del fuego que creíamos ver temblar el aire por encima, como en un incendio. Había, pues, aquel fuego que ardía infinitamente sin consumirse y ponía de relieve la transparencia del aire, el delicado colorido del cielo y, sobre todo —creo—, a pesar de su esplendor, la tranquilidad profunda del día, porque a fin de cuentas era ese silencio, aquella calma acumulada la que daba protagonismo a la llamarada de los arbustos.

Me costó un gran esfuerzo regresar de la contemplación de ese instante magnífico que se devoraba a sí mismo sin consumirse. E inmediatamente me dirigí a mi soñador:

—Médéric, ¿dónde estás?

Aunque no se dignó a mirarme, me dedicó al menos la sonrisa apenas esbozada de quien está en sus asuntos secretos y no desea ser grosero con la persona inoportuna.

—Apuesto —le dije— a que estás galopando con Gaspard hacia aquel bosquecillo en llamas de allí.

Esta vez se volvió a mirarme. Tenía las pupilas veladas de soñar. Aún persistía el rastro, esa delgada película ligeramente empañada de antes de que se disipen las imágenes, frágil frontera entre este lado y aquel otro de las cosas.

—No —dijo él como en contra de su voluntad y tal vez sin darse cuenta de que comenzaba a abrirse a mí—. Hoy, si no hubiera habido escuela, habría ido a las colinas de Babcock.

Yo guardaba un recuerdo obsesivo de aquellas pequeñas colinas que había cruzado de camino al pueblo para tomar posesión de mi puesto; un recuerdo que me hacía repetirme a mí misma prácticamente a diario que tenía que regresar a verlas.

—Desde el tren —se burló Médéric— no se ve casi nada. Allí hay que ir a caballo… o a pie… y —añadió bajando aún más la voz—… solo.

—Bueno, no hay que ser ningún genio para imaginar que a ti te gusten esos lugares salvajes —repliqué sin poder evitarlo, bastante enérgicamente—, pero ¿y Gaspard?, ¿qué se le ha perdido a él allí arriba?

—Una hierba mejor —dijo Médéric con una cierta paciencia a su vez por mi ignorancia—, un aire más revitalizador, también, pero, por encima de todo, las vistas alrededor.

—Y eso que dicen que un caballo no ve mucho de lejos.

—Puede ser —me concedió Médéric—. Pero suelte un caballo en un pasto donde haya un punto sobre el que controlar las vistas y, en unas horas, ahí es donde se lo va a encontrar, lo más alto que pueda subir y feliz de estar allí.

—Es verdad lo que dices —respondí asombrada por la exactitud de su observación, algo que le gustó tanto como un cumplido; pero por qué lo estropearía yo todo añadiendo—: Si aplicaras en clase el mismo interés que demuestras por la naturaleza, serías un as.

Me hizo ver que aquello no le importaba lo más mínimo. Sin malhumorarse, no obstante. Al contrario, de repente se había vuelto casi amable, y pronto comprendí que era porque pensaba aprovechar mi enternecimiento para sacarme un permiso:

—Sita, ¿me dejaría usted que fuera a darle de beber a Gaspard? No tardaré.

En el recreo, que no hacía tanto tiempo que se había terminado, ya lo había llevado al abrevadero del final del terreno reservado para la escuela. Así que era otra cosa distinta al agua lo que pretendía ofrecerle a Gaspard. Lo miré y me dije: «Está claro que es uno con su caballo, que el muchacho también obedece solamente al afecto y que, al final, si aparece alguien capaz de domarlo, quizá entonces se rinda completamente a su dueño».

—Está bien —dije de bastante mala gana—, corre a decirle a Gaspard que tenga paciencia, que ya se va a acabar el día, pero date prisa, porque en el pueblo me miran mal por tus caprichos y tus extravagancias.

—¡Oh, el pueblo! —dijo él con una especie de feliz conmiseración, y salió volando a murmurarle ánimos a Gaspard, sin duda, porque no lo vi desatar el caballo, sino quedarse junto a él solamente, como si le hablara al oído, y el caballo bajaba la cabeza y pegaba rápidos tironcitos de las riendas, como si asintiera: «Bueno, voy a tratar de contenerme, pero tú intenta que se termine la escuela esta».

Cuando volvió a entrar, todo contento por haberse puesto de acuerdo con Gaspard y quizá también por la bocanada de aire frío y punzante que nosotros respirábamos en su ropa, me sentí exasperada, sin duda porque, a pesar de mis esfuerzos, siempre lo veía disfrutar más fuera de la escuela que dentro. Le hice un reproche intempestivo:

—De verdad, Médéric Eymard, odiando la escuela como la odias, me pregunto por qué vienes.

El violeta de sus ojos se volvió noche. Creí que había perdido del todo la poca confianza que tanto había tardado en adquirir. Vi aparecer al muchacho rabioso, iracundo, dispuesto a acabar con todo, que me habían descrito a mi llegada al pueblo y con el que, en realidad, me enfrentaba por primera vez. Aun así, se calmó, como si después de pensárselo juzgara que yo no valía el esfuerzo de una gran invectiva.

—Es por culpa de mi padre —respondió secamente—. Me obliga. Si no, puede estar segura de que no pasaría ni un día más en su condenada escuela. Tiene a la ley de su parte. Ya van dos veces que ha enviado a la policía tras de mí, la primavera pasada, cuando busqué trabajo en una granja, y otra vez que me estuve quedando por la zona de Babcock con mi hatillo.

—Ay, Médéric, no tenía ni idea —le dije en un tono de verdadero arrepentimiento.

Para que me perdonase, no se me ocurrió nada mejor que ponerle la mano encima de la suya, apoyada en el tablero del pupitre. Apenas le cubría la mitad. Se dio cuenta midiendo distraídamente nuestras manos con la mirada y, a pesar de su agitación interna, seguro que se sintió conmovido, porque observó con una extraña amabilidad tosca: «Vaya si tiene la mano pequeña, sita», y rápidamente extrajo la suya para resguardarla bajo la mesa. En sus ojos persistía un sufrimiento que me las ingenié para disipar.

—¿Este año también has tratado de escaparte a las colinas?

—Durante dos días solamente. Padre ahora está al acecho. Me encontraron casi enseguida, me trajeron de vuelta como a un ladrón…

Tembló silenciosamente por un resentimiento contenido durante mucho tiempo y luego levantó la cabeza desafiante.

—Pronto tendré catorce años —me anunció—. Padre ya no podrá obligarme a venir a la escuela. Seré libre.

La palabra estalló como un toque de corneta, recordándome que hacía poco que yo también había creído desear la libertad por encima de todo.

—¿Qué harás… con tu libertad?

—Pues… pues…

—Ni siquiera tu Gaspard, al que tanto amas, es libre. Mira: vive atado a su cadena.

—Eso es porque está obligado a esperarme, pero el día en que yo sea libre, le daré su libertad a él.

—¿Y qué hará él, pobrecillo, sino volver galopando hacia ti y, si no te encuentra, morirse tal vez de la pena?

Médéric bajó la mirada estupefacto y entristecido.

—No deja de ser verdad lo que dice. Entonces, la libertad… —y tembló ante la premonición de que, al final, tal vez no hubiera nada en la vida a la altura de lo que uno desea con trece años.

—A lo mejor hay cosas más importantes todavía.

—¿Cómo qué?

—Ay, ¡no sé muy bien! Para algunos, el trabajo, el deber. Para otros, el amor. El compromiso, en cualquier caso.

—Ah, gracias pero no. ¡No para mí! Para mí será siempre la libertad.

No le contradije, pero creo que, desde aquel día en que pareció tambalearse, comenzó a escucharme con cierta atención, entregándose incluso a un verdadero esfuerzo para seguir la clase. Sin embargo, ahora que él luchaba contra su inclinación a soñar despierto, yo era la que, sin poder aguantar más, empezaba a perder pie. El gran fuego raso que seguía ardiendo al borde del cielo me tenía sumida en aquel momento en un estado de insumisión. Tan joven, me veía encerrada para toda la vida en mi papel de maestra. Ni siquiera le hallaba el lado emocionante, solo la rutina implacable. Pero, a decir verdad, ya no sabía en qué punto estaba, un día totalmente preocupada como siempre por el progreso de mis alumnos; al día siguiente entregada a la melancolía. Los últimos días radiantes del otoño se acababan y me reprochaban que dejara pasar lo más valioso que tal vez haya en este mundo sin aprovecharlo. Cuando Gaspard lanzaba su relincho de libertad, yo era quien levantaba la mirada hacia el alto cielo despejado. Me preguntaba: ¿de qué sirve que uno entregue su talento, su vida?

Un día, al pasar junto a Médéric, me incliné a echarle

un vistazo a su redacción, pero en lugar de comentarla con él me oí a mí misma preguntarle:

—Tus colinas, ¿no son en realidad unas lomas solamente?

Él agarró el lápiz y, con un trazo enérgico y un talento que me sorprendió, dibujó un macizo compacto, le plantó acá un árbol, allá una pila de bloques de piedra desmoronados, unos arbustos en las pendientes y, con pocos medios, logró crear la atmósfera de un lugar infinitamente retirado en el que daba gusto relajarse.

Sentada en el otro extremo del banco, disfrutaba viendo cómo cobraba vida el lugar salvaje.

—En el medio —me explicó Médéric dibujando su curso— hay un riachuelo. Un día lo seguí hasta su fuente. ¡Cuatro horas de marcha! No es fácil de encontrar, escondido bajo un árbol caído. El agua está helada. Un inglés que tenía allí arriba una cabaña hace años debió de poblar el riachuelo de truchas. Todavía quedan, y… ¿sabe qué es lo más curioso, sita?

Desde que empezó a hablar de las colinas, se transformó en un niño liberado, a gusto, que respiraba a fondo. A punto de dar un paso más en sus confidencias, vaciló un momento, buscó el interés en mis ojos y, viéndome tan atenta, prosiguió con la embriaguez de compartir conmigo algo tan importante para él.

—¿El qué, Médéric?

—Pues bien, las truchas remontan a veces a la fuente y allí, en el agua helada, ¿se lo puede creer, sita?, se dejan coger con la mano. Se lo juro, se dejan coger y acariciar… ¿no es un misterio?

—A lo mejor es el frío del agua que las anestesia —dije al azar.

—Coger y acariciar —repitió él soñadoramente, y sus ojos de un violeta lánguido, la expresión franca de su rostro, revelaban el amor en su estado más delicado.

Yo me fijaba una vez más, y siempre con la misma y profunda sorpresa, en que el primer impulso de amor de la adolescencia es para las pequeñas criaturas libres del agua y de la tierra. Veía reflejársele en el rostro el estremecimiento alegre que le había procurado la sensación de sujetar entre sus manos al pez más desconfiado del mundo con su total consentimiento y me decía que pronto le llegaría el turno a él de que lo sujetaran, vulnerable como me estaba dando cuenta que era, si yo misma me mostraba lo suficientemente hábil.

En otra ocasión en que estaba abierto a confidencias, me contó haber descubierto en lo más inaccesible de las colinas un montón de huesos secos, tan viejos y tan desgastados por el tiempo que era imposible saber a qué animales pertenecían los restos. ¿Sería ese el cementerio al que, según el viejo rumor, iban a morir por propia voluntad? ¿O el lugar de una trampa cruel tendida a los animales por los hombres de antaño?

—Eso más bien creo yo, en efecto.

Pareció satisfecho con mi respuesta y desde entonces se mostró dispuesto a confiar en que había algo que aprender de mí, incluso en temas aparentemente alejados de mis conocimientos.

Llegó a compartir conmigo su descubrimiento más sorprendente: allí arriba, justo en la cima de la colina, estampada sobre la piedra, «¿se explica usted esto, sita? ¡Hay una forma de pescado!».

—¡Un fósil! Es posible. El mar Agassiz recubrió casi todo el interior de nuestro continente hace muchos siglos.

Es perfectamente natural que las aguas, al retirarse, dejaran tras ellas, incluso en las colinas, huellas de vida marina, conchas…

Yo me hacía la experta y él, deslumbrado, parecía dispuesto a darme crédito a partir de ahora en todo lo que afirmara.

—Si leyeras un poco, Médéric —le dije aprovechando el instante—, en lugar de limitarte a tus correrías para aprender, verías que los libros también contienen maravillas.

Lo mandé a buscar uno de los tomos de la enciclopedia que con tanto esfuerzo había conseguido que nuestro muy pobre consejo escolar adquiriera para la escuela, y le indiqué que localizara la entrada «Agassiz». Leímos juntos el largo párrafo que trataba del tema, y cuando terminamos vi en Médéric los mismos ojos desbordantes de sueños que había puesto al hablarme de las truchas que se dejaban coger bajo el agua helada.

—¡Dice exactamente lo que yo he visto! —exclamó, alegremente asombrado de ver que tenía el apoyo del grueso e imponente libro.

Puedo decir que asistí al instante preciso en el que se despertó en Médéric el amor por los libros y que me alegré sin duda a más no poder. Sin embargo, qué curioso, al tiempo que él descubría la alegría de encontrar en la enciclopedia el movimiento, las sorpresas y los enigmas de la vida, yo solo soñaba con volver, más allá de los libros, a aquello que los había hecho nacer y no se agotaba en ellos.

—En tus colinas —le pregunté más tarde—, ¿vive gente?

—¡Ni un alma! —dijo él, triunfal—. Siempre estamos solos Gaspard y yo.

Pasando de un sentimiento a otro, estuve a punto de reprocharle su gran gusto por la soledad para la edad que tenía, pero me acordé de que yo misma acababa justo de salir de una época en la que había vivido, por así decirlo, de espaldas al mundo. Supongo que, antes de llegar al amor, nos vemos atrapados por el presentimiento de que es de ahí de donde va a venir el sufrimiento esencial de la vida y tratamos de escondernos como podemos, acurrucándonos en frágiles cobijos, o bien, al igual que Médéric, refugiándonos en la inocencia de la tierra entera.

Ahora abría su corazón para compartir sus alegrías algo salvajes, y no pasaban muchos días sin que viniera a verme con una gramínea casi imposible de encontrar, un nido de pájaro muy difícil de ver en estas regiones o incluso, una vez, un pájaro vivo escondido bajo la chaqueta, que fue a poner en libertad de nuevo tras mostrármelo, porque era un espécimen cuya imagen habíamos observado en una lámina de colores, «y usted ha dicho, sita, que le gustaría verlo».

Franqueado el límite del reino en el que ayer todavía, al igual que Médéric, me había encontrado tan a gusto, soñaba con volver a traspasarlo con él como guía, creyendo posible recuperar el acceso a la frontera perdida si seguía sus pasos.

Un día que me quedé con él después de que se marcharan los demás para repasar un problema y que estábamos sentados el uno junto al otro, solos en la clase iluminada aún por la rojiza luz de los arbustos lejanos, le pregunté a bocajarro, sin pararme a considerar la loca pendiente por la que me estaba deslizando:

—Entonces dime, Médéric, ¿tus colinas están muy lejos?

—¡Claro que no! Por los atajos que yo me sé, tan solo a nueve millas.

Lentamente, terminó de comprender el interés que me llevaba a formular la pregunta.

—¿Le gustaría ir?

Por mucho que protesté, él lo había visto claro, y por su expresión completamente transformada deduje que por fin se sentía valorado en mi presencia.

—Con un buen caballo es una tontería de nada. Estaríamos allí en tres horas saliendo del pueblo, sita.

El tono era cariñoso, suplicante, la mirada también, virando suavemente al violeta.

—¿De modo que la ida y vuelta podrían hacerse en el día?

—¡Y aún nos sobraría tiempo, sita!

—Pero ya ves, no tengo caballo —me apresuré a decir entonces para cerrarme la puerta.

—Yo tengo una pequeña yegua muy dócil —dijo él—. No la sacudirá ni un poquito. ¿Quiere? Vendría a recogerla temprano el sábado que viene.

—¡No tan rápido, no tan rápido!

—Es que el otoño se acaba.

—En noviembre puede hacer bueno todavía.

—Pero...

Yo meditaba, no sobre la imprudencia a la que estaba a punto de consentir, sino, curiosamente, a través de la confusión de mis pensamientos, sobre el partido que podría sacarle al ferviente deseo de llevarme a las colinas que había aparecido en Médéric. Sondeaba sus ojos. No había otra cosa en ellos aparte de la exaltación de la edad adolescente ante la idea de compartir con alguien a quien juzga digno de su amor un mundo en el que acostumbra a moverse tan en solitario que puede llegar a dudar de su esplendor infinito. De repente, Médéric estaba poseído por la ardiente necesidad de que yo lo tranquilizara sobre la belleza del mundo salvaje.

—¿Quieres que primero hagamos un pacto los dos?

En su mirada apareció entonces una pizca del arrogante desprecio por la edad adulta que el niño no experimenta nunca tan intensamente como la víspera de adentrarse él mismo en ella.

—¿Quiere decir un trato?

Como quieras, pero es algo justo. Tú te aprendes todo esto —indiqué un buen número de páginas de un libro de gramática—, y yo, en cuanto te sepas estas conjugaciones, en dos semanas tal vez, si lo consigues, voy contigo a las colinas de Babcock.

¿Que cómo se las apañó? Sigo sin saberlo. ¿Conseguiría copiar la versión del vecino en el examen de final de mes? No, no. Yo lo tenía bien vigilado. ¿Rebuscaría en mi mesa las preguntas ya redactadas para preparárselas? Lo dudo. En el fondo, todo lo que sé es que sus resultados lo situaron en una buena media esta vez, cuando hasta entonces había ido rezagado, muy por detrás de los demás. Le tendí su boletín y, a la vista de las notas, se le escapó una especie de silbido admirativo medio de guasa, como si se dirigiera a sí mismo una traviesa enhorabuena. En ese instante creí sorprender en su mirada el destello de una victoria un tanto impertinente que me desconcertó. Pero inmediatamente después me pareció feliz, nada más, por haber ganado su apuesta.

El sábado siguiente, tras una noche de ligera helada que purificó el aire dejándolo algo punzante, lo tuve delante de mi puerta por la mañana temprano, montando a Gaspard y trayéndome a Flora, dulce yegüita que adoré en el acto, con su sencillo pelaje rojizo realzado por una franja blanca desde la frente hasta el morro que le daba un delgado rostro pensativo.

III

Hacía más de dos horas que montábamos en silencio, Médéric a la cabeza, sin que nada hasta el ultimísimo momento dejara presentir entre los bloques de piedra apilados en el más raro equilibrio la brecha por la que íbamos a colarnos rumbo a lo más alto y más salvaje todavía. Jamás me habría imaginado que en nuestra serena y uniforme región pudiera esconderse un paisaje de carácter tan rebelde.

Médéric se detenía a veces a husmear el aire, que por lo visto le servía tanto como la vista para guiarse, y luego, con un olfato asombroso, localizaba el paso allí donde yo solo había visto matorrales enmarañados. Para estar a finales del otoño, el día se anunciaba radiante, lo cual era raro en nuestro país, en el que la nieve y las borrascas suelen aparecer pronto. Yo se lo había señalado a Médéric, que había sonreído sin dar muestras de sorpresa, como si no esperara menos. Luego no volvimos por así decirlo a hablar más, concentrados en la difícil senda. De vez en cuando, sin embargo, Médéric se volvía a mirarme y el rostro se le iluminaba brevemente bajo el sombrero de ala ancha, para animarme y sin duda para prometerme que nuestros esfuerzos se verían recompensados pronto.

Salimos al asalto de otra vertiente abrupta. Al paso de nuestros caballos se desprendían cascadas de grava que rodaban a lo largo de las pendientes hasta el infinito. A veces, un guijarro solitario alcanzaba el fondo mucho tiempo después que los demás y su caída resonaba de una manera inolvidable en medio de aquel profundo recogimiento. Vino luego otro estrecho circo y de nuevo nos hallamos encerrados en un silencio opresivo. A la sombra de la monótona roca casi nunca veíamos el sol ni, en realidad, nada de aquel día radiante salvo, muy de vez en cuando, algunos haces de luz extraviados. La tierra constantemente cerrada sobre sí misma, sin abrirse jamás, ascendiendo en espirales cada vez más apretadas, me deprimía. Me pareció que mi escuela, el pueblo y mi vida de abajo habían sido agradables y que hacía mucho tiempo que los había dejado atrás. Incluso la silueta de Médéric, que veía de espaldas, ya no me resultaba familiar. Me vino el pensamiento de que me estaba aventurando por una tierra hostil e inhabitada con un muchacho del que, al fin y al cabo, no conocía gran cosa. Una ligera aprensión me rozó el alma. Entonces Médéric se volvió sonriente bajo el inmenso sombrero para mostrarme con un gesto triunfal, delante de nosotros, el objetivo cercano hacia el que subíamos desde hacía horas.

Los bloques de piedra de formas siniestras se espaciaron; el paisaje se despejó; una ancha franja de cielo surgió entre las crestas rocosas; nos recibió una luz franca. Y, de repente, familiar, apacible y sin embargo renovada e infinitamente más vistosa por habernos sido arrebatada durante horas, nos fue devuelta la llanura, toda inmovilidad y, al mismo tiempo, portadora de movimiento, de un impulso irresistible.

¿Cómo olvidar aquella visión? Hoy todavía se me ensancha el alma de placer y felicidad cuando me viene este recuerdo. ¿Qué tendrá el espectáculo que se obtiene desde una cierta altura que tanto nos satisface? ¿Será el haber sufrido para conquistarlo lo que lo hace tan valioso? Todavía no lo sé. Lo único que sé con seguridad es que nunca he visto la llanura tan bien —su amplitud, su noble tristeza, su belleza transfigurada— como esa mañana a caballo junto a Médéric, los animales cabeza con cabeza.

Expuesta a nuestra mirada hasta donde alcanzaba la vista, revelaba innumerables detalles cautivadores: por ejemplo, la tierra aquella recién removida cerca del cielo azul, de un negro tan lustroso como el esplendor del pájaro oscuro que la sobrevolaba; más arriba, un campo en el que la escarcha de la noche todavía se adhería a los desniveles del suelo componiendo con él, blanco sobre negro, los más delicados carboncillos; al fondo del todo, un ínfimo cuadrado de color verde claro —sin duda jóvenes brotes de trigo de invierno—, como una primavera cautiva en su pequeña parcela. Sin embargo, no era por ninguno de esos aspectos, ni siquiera los más raros, por los que la llanura le robaba a uno el corazón sino al contrario, ya que al final todos desaparecían en ella. Porque, si al principio distinguías esto y aquello —y sobre todo la primavera en su parcela—, pronto solo eras consciente de lo inmutable. Las olas regresan al mar; los árboles, al bosque; y de la misma manera, a la larga, casi cualquier indicio de vida humana, casi cualquier detalle, al plano infinito del llano. Sin decir nada en particular, tal vez sea por eso, en el fondo, por lo que dice tanto. Y, sin duda, así es como tantas veces me ha hecho feliz a mí.

Miré a Médéric. Bajo el ala del sombrero, inclinado ahora sobre la frente, este me espiaba con pasión. No había dejado de contemplarme mientras yo contemplaba la llanura, acechando el nacimiento de la felicidad que había esperado que me invadiera en aquel lugar alto y extraño. Ahora que yo la irradiaba, él también la irradió. ¿Era aquel un regalo sin más de su parte? ¿O es que —como ocurre con tanta frecuencia en la vida, sobre todo en la vida joven— para conocer de verdad lo que poseemos necesitamos verlo compartido por otra persona? Recuerdo que nos miramos un momento con unos ojos que debían de estar igual de rebosantes de una especie de alegre salpicadura. Y luego, dulcemente, nos echamos a reír. Con una delicada risa ligera, un poco indolente. ¿De qué nos reíamos? Supongo que de descubrirnos tan bien juntos, unidos en la rara y maravillosa armonía que cuando sobreviene entre dos seres hace que dejen de necesitar palabras o gestos para entenderse; de modo que ríen, sin duda de liberación.

Curiosamente, justo después nos volvimos silenciosos. Serios también. Y atentos, cada uno para sí, al paisaje que nos unía. Como cualquier espacio grande y libre, lo que este nos inspiraba debía de ser una confianza soñadora —y sin embargo inquebrantable— en la vida, en aquello en que íbamos a convertirnos, en el rostro que adquiriríamos con el paso del tiempo. De hecho, ahora me acuerdo de que los instantes de pura confianza que he conocido en mi vida siempre han estado ligados a esa especie de imprecisión feliz que tuvimos la suerte de sentir Médéric y yo en lo alto del estrecho altiplano convertido en belvedere en la cima de las colinas. Y me imagino que, así como nuestra vista llegaba tan lejos, a nosotros también nos habrían podido distinguir a una distancia considerable si a la gente de abajo se le hubiera ocurrido levantar la mirada desde sus granjas en la planitud del llano hacia las dos siluetas al descubierto, al borde de la escarpadura.

¿Cuánto tiempo estuvimos así, prácticamente inmóviles, sin bajarnos de los caballos para poder observar desde más alto todavía las cosas y tal vez un poco el futuro que se desplegaba ante nuestros ojos? Al cabo de un rato, Médéric, regresando apenas de la ensoñación que nos había sorprendido juntos, asomados a la llanura, me propuso alegremente:

—Sita, ¿le gustaría que fuéramos a ver si están las truchas?

Asentí sonriente e hice que Flora girara para seguirlo. Él ya avanzaba delante, gritándome —porque yo decía que tenía un poco de vértigo— que no mirara «*pabajo*, sita…».

En la estrecha cañada a la que me llevó, al final de todas las vueltas, medias vueltas y revueltas que dimos, distinguí un rápido hilillo claro que se colaba presuroso bajo un gran árbol al que la muerte había tumbado en la postura de un hombre bebiendo directamente del agua.

Médéric deslizó la mano bajo el tronco cenagoso. Palpó el agua aquí y allí. Un rayo de sol que penetró hasta nosotros nos tiñó de rosa las manos y el rostro. La cara de Médéric se iluminó al mismo tiempo desde dentro con la luz de una alegre sobrexcitación. Allá arriba, en el balcón de la llanura, lo había visto embargado por una felicidad grave, apacible, poco acorde de algún modo con su edad. Aquí lo veía presa de la agitación y la febrilidad que la alegría suele tener en la infancia.

—Hay truchas, sita. Acabo de notar una rozándome la mano. ¡Mire, ahí está otra vez! Se deja coger. ¡La tengo en la mano, sita!

Médéric gritaba sus susurros o susurraba sus gritos de júbilo —no sé muy bien cómo decirlo— por miedo a espantar al pez, poseído sin embargo por una exuberancia que le costaba controlar.

—Pruebe, sita, pruebe —me rogó ardientemente.

Con cierta repugnancia, metí la mano en el agua helada. Un frío intenso se apoderó de ella. Creí notar un roce en la punta de los dedos y me dije que debían de ser las hierbas del fondo del riachuelo y que así se explicaban las sensaciones descritas por Médéric. Escéptica, ¡aquello fue lo que creí durante un rato todavía! Y luego, de repente, en mi mano medio abierta se insinuó una pequeña criatura resbaladiza, suave, ondulante, a todas luces viva. Que, de hecho, no trató de huir cuando cerré ligeramente la mano sobre ella. Cautiva, parecía que le gustaba volverse y revolverse entre mis dedos. Entré en el mismo embeleso que Médéric.

—No te habría creído —le dije— de no haberlo experimentado por mí misma.

—Es difícil de creer —reconoció él.

Se había arrodillado en la hierba, al borde del manantial, con ambas manos en el agua. Por la efervescencia de su mirada, sabía cada vez que experimentaba de nuevo el placer de sentir la confianza de una vida salvaje en la punta de los dedos. Hice como él. De orilla a orilla, mirándonos a los ojos, intercambiamos impresiones tan parecidas que en los labios se nos dibujaba la misma sonrisa igual de feliz.

—¿Tiene una, sita?

—¡Sí… eso creo!

—¿Se queda? ¿Se deja acariciar?

—Pues sí, ¡es verdad!

—Déjela que se vaya… a ver si vuelve… ¿Vuelve?

—Vuelve… pero ¿será la misma?

Se sentó un momento sobre los talones en la rugosa hierba arrugada, se echó el sombrero hacia atrás de un manotazo y me preguntó —creo que por primera vez en su vida con la consideración que un alumno suele mostrar por un maestro, por muy pocos años que se lleven—:

—Sita, usted que ha leído y aprendido tantas cosas, ¿cómo se explica que las truchas de aquí no tengan miedo de nosotros?

—Tú eres el que me lo tendrías que explicar a mí —le dije—, que estás mucho más al corriente que yo de los secretos de la naturaleza.

Él sonrió confundido y adoptó un tono un poco huraño para responder:

—Anda, venga ya, sita, ¡ahí se ha pasado usted tres pueblos!

Metimos las manos en el agua de nuevo. Las truchas volvieron a dejarse coger con un abandono inexplicable.

—Es un misterio —dijo Médéric, cayendo con la mirada y la voz en una veneración profunda. Y a medida que los ojos se le cargaban de una lenta comprensión en la que una tristeza creciente y lejana apenas amenazaba todavía el privilegio de presenciar tantas alegrías a la vez en el mundo, murmuró—: Hay misterio en todas partes, ¿no cree?

Incliné la cabeza en señal de asentimiento. Después pensé que podía ser la temporada del desove lo que hacía languidecer a las truchas. O tal vez el frío intenso del agua. Más tarde debí de buscar todo tipo de explicaciones razonables al fenómeno del manantial. ¡Pero nada puede quitarnos a Médéric y a mí el hecho de haber vivido la más inocente de las alegrías creyendo domesticadas, gustosas de nuestra compañía, a estas huidizas y pequeñas criaturas!

—Podríamos pescarlas fácilmente para el almuerzo —dije yo de broma.

—Ay, sita, ¡eso sería un crimen!

—¿Y por qué?

—Pues… porque… aquí… están con… fi… adas…

Me fijé en que, al emplear una palabra cargada para él de un sentido afectivo nuevo o particularmente serio, tartamudeaba un poco, más bien dudaba casi dolorosamente, temeroso de pronto de un arma nueva cuyo manejo no conocía bien.

—Pero vamos a pescarlas abajo para asarlas en la sartén como me prometiste. ¿Qué diferencia hay?

Me miró profundamente sorprendido.

—Pues que las de abajo no confi… arán en nosotros. Tendrán la oportunidad de esca… parse. No es lo mismo.

—Tienes razón. Es verdad que dista mucho de ser la misma cosa. ¡Quién lo diría…!

A fuerza de demorarnos, primero junto al curioso montón de huesos blanqueados; en otro sitio, a descansar y comer un poco; y más lejos todavía, a examinar los fósiles de una pared rocosa, el día transcurrió sin que nos diéramos cuenta.

Fue nada más al volver, con el crepúsculo ya avanzado y el paso de los caballos resonando fuertemente por la calle principal desierta —pero espiados sin duda desde todas las ventanas—, cuando me dio la sensación de que, con aquel paseo, Médéric y yo nos habíamos expuesto a la mala fe de la gente. Proveniente de cada casa en la que habían retrasado encender la luz para distinguirnos mejor en la penumbra azul de la noche, sentía que nos seguía una mirada reprobadora, porque tras pasar nosotros se iluminaban las ventanas una a una. La alegría pura que había llenado el día de principio a fin adquirió el sabor de la bilis derramada en el agua clara.

«¡Que se vayan al diablo!», pensé en voz alta.

Bajé de la yegua, le hice una caricia a modo de agradecimiento, me acerqué tambaleándome al umbral de mi casa con todo el cuerpo dolorido y enseguida vi que Médéric se marchaba, llevándose delicadamente a Flora, al paso del joven animal extenuado. Entonces, en la luz tenue e imprecisa en la que los vi adentrarse, más perturbadora todavía que la noche, sentí que, de algún modo, los perdía de vista para siempre, que jamás volvería a ver aquellos dos animales cabeza con cabeza ni al niño que los conducía animándolos con palabras amables que se fundían poco a poco en la semioscuridad.

IV

Aparte de la enciclopedia, he de admitir que los libros no retuvieron la atención de Médéric mucho tiempo. Aquellos volúmenes pesados de manejar, repletos de ilustraciones, de datos sobre los temas que le apasionaban, le gustaron tanto que excluyó casi cualquier otra fuente de enseñanza. Estaba constantemente sumergido en ellos, buscando alguna corroboración de lo que había imaginado o descubierto por sí mismo en la naturaleza. A veces, sentía todavía con tanta intensidad la alegría de verse apoyado por la ciencia que se acercaba con el grueso tomo abierto entre las manos, señalando el pasaje con un dedo:

—Mire, sita, el pájaro ese del que le había hablado es efectivamente un búho real.

En ocasiones me entregaba a su juego, feliz como él de conectar directamente el conocimiento a un encuentro que me había intrigado, a una pregunta que me hubieran formulado durante el día. Pero me esforzaba al mismo tiempo en mostrarme severa, tal vez porque sentía que ahora podía permitírmelo sin riesgo de verme amenazada por un puñetazo; aunque tal vez también porque trataba de enmendarme por haberlo tratado con más confianza de lo que habría debido.

Mas sondeando sus ojos llenos de candor cuando, por ejemplo, me volvía a traer algún regalo de los campos o de los bosques, perdía los papeles, desarmada por su lado inocente.

Un día le dije a mi casera:

—Este Médéric, por mucha estatura de hombre que tenga, no es más que un niño todavía.

—¿De verdad piensa usted eso? —dijo ella con un curioso tono incisivo, dirigiéndome una mirada penetrante.

Poco después de aquello, una buena mañana Médéric me llegó con una noticia que hizo sensación en la escuela y, de hecho, en todo el pueblo.

—Mi padre se ha marchado a la ciudad a comprarme la enciclopedia completa —me anunció—. ¡Doce volúmenes! Ahora vamos a pasar unas veladas estupendas en casa.

Yo me quedé estupefacta.

Que el padre de Médéric tuviera dinero para comprar la costosa enciclopedia era algo de lo que no me cabía duda; pasaba por ser un hombre muy rico. La sorpresa venía de que decían que era un inculto, un ignorante y grosero de modales. Sin embargo, a partir de aquel día, Médéric no volvió a hablar de su padre con la más mínima hostilidad, como a principios de curso, sino en un tono más bien deferente.

—Él —me dijo— se lee lo que anuncia el futuro, las predicciones, los astros, las señales del cielo, sobre todo, y Nostradamus, por ejemplo… También los cismas… los papas divididos… los Borgia…

La naturaleza de las rúbricas evocadas dibujaba tan bien el panorama y, hasta cierto punto, a Médéric que no pude evitar sonreír.

No obstante, estaba algo preocupada. La actitud de repente demasiado confiada del muchacho hacia su padre, las larguezas de este para con Médéric no me predecían nada bueno. Pregunté a mi casera qué tipo de hombre era Rodrigue Eymard. Me contó una historia sorprendente. El hombre, guapo y seductor en su juventud, rico ya entonces, había cortejado a una chica joven, medio india, arrebatándosela a sus padres para casarse con ella. El idilio no había durado mucho. La joven desaparecería poco después del nacimiento de Médéric. Algunos decían que había sido Rodrigue quien la había echado; otros, que se había escapado de noche, a caballo, para unirse a la tribu de la que procedía, que la había protegido de las tentativas de su marido por recuperarla. Habría intentado llevarse al niño varias veces sin éxito, pues la justicia confió la custodia al padre. Fuera como fuera, desde entonces Rodrigue Eymard se descuidaba, bebía sin moderación y mostraba signos de desequilibrio nervioso; a veces luchaba por recuperar el control de su vida, pero caía de nuevo en un ritmo de desenfreno y excesos. ¿Qué había de verdad en aquellos rumores? Mi casera convenía que debían de ser exagerados. No obstante —me informó— lo que era totalmente seguro es que Médéric vivía solo con su padre en una inmensa casa llamada «el Castillo», que apenas limpiaba de vez en cuando una mujer del vecindario que se encargaba un poco también de la cocina y, tal vez, de otras necesidades del amo.

La vida de Médéric se me presentaba bajo una luz que jamás habría sospechado. Mas he aquí que, poco después, me transmitió ceremoniosamente una invitación de su padre a cenar con ellos el domingo siguiente.

Me quedé sin habla. Un vago presentimiento de que pasarían cosas desagradables me paralizó.

—¿A ti también te apetece, Médéric?

Entonces me pareció que hablaba sin duda bajo el dictado de su padre, cuya influencia creciente sobre él me asombraba cada vez más y he de confesar que me asustaba. Recordé que, de un tiempo a esta parte, parecía mostrarse inclinado a presumir de su fortuna, algo que no le había notado nunca antes y que no formaba parte de su verdadera naturaleza.

—Somos la única familia a la que no ha honrado con una visita —me reprochó—. Podría pensarse que la única casa en la que no quiere usted poner los pies es la de los Eymard. Mi padre dice que su rechazo sería un insulto.

—Sabes muy bien, sin embargo —le dije—, que no he estado en ninguna casa habitada solamente por hombres.

Si había creído escaparme de aquella manera, me equivocaba, pues Médéric tenía su respuesta preparada de antemano:

—Habrá una mujer con nosotros. La vecina que mi padre contrata. Y dice que puede estar segura de que le servirá una cena digna de reyes.

Traté de librarme por otra vía. La granja de los Eymard estaba a más de tres millas del pueblo. De todos mis alumnos, Médéric era el que vivía más lejos, y por allí, en invierno, el camino quedaba expuesto a fuertes vientos que formaban a menudo bancos de nieve de la altura de los carruajes.

—En invierno es casi imposible saber con antelación si se podrá llegar hasta vuestra casa.

—Yo vendré a buscarla… sita…

Pedí consejo a mi casera tras la invitación de Médéric.

—¡No vaya! —exclamó—. Desde que su mujer lo dejó, Rodrigue Eymard está como loco. Por el amor de Dios, no vaya a esa casa.

Médéric, por su parte, seguía apremiándome.

—Mi padre dice que, si el tiempo fuera malo, no tendría usted nada que temer, que en ese caso me dejaría coger la berlina para venir a buscarla.

Pareció tan contento ante aquella perspectiva que le pregunté:

—¿Tanto te gusta esa berlina?

—Sita —dijo él—, llevo dos años pidiéndosela a mi padre, y por una vez que está dispuesto a dejarme…

Así fue como cedí, más bien a mi pesar, viéndome en cierto modo obligada a ponerme del lado de Médéric en aquella historia ahora conocida por todos, en la que se predecía que no iría a casa de los Eymard y que los iba a poner en su sitio. Y me pregunto si no sería también porque me preocupaba defender mi influencia sobre Médéric, que sentía amenazada por una oscura fuerza vulgar.

El domingo siguiente, desde por la mañana temprano, fue evidente que se avecinaba un tiempo bastante malo.

—Solo los Eymard están lo bastante locos como para echarse a la carretera un día como este —refunfuñó mi casera—. ¡Ay, si pudieran perderse de una vez por todas esos dos!

Estaba a punto de reprocharle su actitud tan manifiestamente hostil hacia aquella familia cuando delante de nuestra puerta, bajo la nieve que caía copiosamente, se detuvo un carruaje de lo más singular.

—¡Santo Dios! —volvió a relatar mi casera—. ¡La berlina de boda que Rodrigue Eymard mandó construir en Winnipeg por un carpintero reputado! No se la había vuelto a ver desde que se fugó Maria. Ese tunante de Rodrigue tiene que estar tramando algún plan de los suyos para haberla vuelto a sacar. Yo en su lugar desconfiaría.

—¿Se estará volviendo usted supersticiosa? —le solté con una carcajada y cerrándome apresuradamente el abrigo.

Yo, desde que había visto tras las cortinas de nieve batidas por el viento la pretendida berlina —a decir verdad, un trineo sobre sus patines con un solo asiento enteramente protegido por una vasta capota de cuero negro que bajaba hasta la altura del rostro—, no cabía en mí de gozo ante la idea de afrontar la tormenta sentada al fondo de aquella caverna voladora.

Médéric me pareció más esbelto que de costumbre al bajarse y no comprendí la razón hasta que dio unos pasos hacia la puerta: llevaba ropa nueva, un largo abrigo de paño claro con alamares negros, el cuello de piel conjuntado con el sedoso gorro que le coronaba la frente. Mi vagabundo, al que siempre había visto con chaqueta de rayas y pantalones de vaquero, incluso llevaba las manos cubiertas por guantes. Iba a sonreír, a mi pesar, cuando me detuvo el comentario de mi casera:

—Y para colmo lo ha vestido de señorito para que venga a buscarla.

Confieso que en ese momento no le presté atención de lo emocionada que estaba por la embriaguez del paseo.

Médéric me abrió la portezuela. Por dentro, la berlina era todavía más atractiva. Una piel de oso recubría el asiento de cuero acolchado con el respaldo curvo. Una vez sentada, Médéric me cubrió con otra manta más suave sobre la cual, para protegerla de la humedad, extendió una especie de delantal de cuero que se sujetaba a ambos lados del asiento por unos broches. Se estaba muy arropado bajo la protección de la capota y la visera, al tiempo que se podía ver el exterior con bastante comodidad. Una vez que Médéric tomó sitio a mi lado, moduló una especie de silbido melodioso y Gaspard se puso en camino.

Apenas habíamos avanzado cuando se cerraron sobre nuestro refugio traqueteante la nieve arremolinada y los envites del viento, y unas grandes embestidas procedentes de todos lados nos sumieron de lleno en un sueño delirante: ¡un bote llevado por altas olas!, ¡una canoa sacudida por unos rápidos! Y nos miramos, Médéric y yo, en la semioscuridad de la berlina, los ojos relucientes por la feliz sobrexcitación de vernos abandonados juntos a la pasión rugiente del cielo y de la tierra.

V

Pero al salir de los melodiosos clamores, nada más deprimente que la pretenciosa casa donde puse los pies. Fui recibida por un grueso hombre endomingado que enseguida se tomó demasiadas confianzas y que olía a alcohol a leguas. La idea de que Médéric, sediento de libertad como yo lo conocía, hubiera de vivir en aquella casa me hizo ponerme más de su lado que nunca.

La cena se hizo larga, servida en un comedor oscuro de muebles recargados y terciopelos desteñidos por una mujer en pantuflas a la que el amo llamaba chasqueando los dedos y despedía igual de caballerosamente, parándose ella un momento a escucharnos en el resquicio de la puerta, aguzando el oído.

Él presidía la mesa de madera maciza, la panza cruzada por una imponente cadena de reloj a la antigua, y se servía continuamente de una jarra de vino que tenía delante, tratando al menos veinte veces que Médéric y yo aceptáramos más de un vaso.

Por otro lado, debido a la cantidad de sorpresas a la que habían tenido que acostumbrárseme los ojos, hasta ese momento no me fijé en la ropa que llevaba Médéric debajo del abrigo, igualmente nueva. Con traje de rayas anchas y claras sobre fondo azul marino y hombreras tenía el aspecto de un señorito vestido a la moda de los catálogos de las tiendas de la ciudad, y no podía sentarle peor. No sé la pena que me dio verlo así disfrazado con lo espontáneo que era él. Debió de leérmelo en la mirada, donde inocentemente buscaba, creo yo, asegurarse de ir bien arreglado, porque de repente se sintió incómodo en mi presencia y yo también por haberle arrebatado la satisfacción de estrenar traje, aunque fuera de tan mal gusto. De hecho, el único que estaba a sus anchas, sobre todo después de haberse tomado otras tantas copas, era Rodrigue, que no paraba de hablar, entregado a una especie de monólogo sin fin.

¿De qué hablaba exactamente? En realidad yo intentaba evadirme al máximo de aquella estancia triste buscando el camino de las colinas, lo único que me parecía verdadero y real en el seno de aquel decorado en el que todo era falso. Solo escuchaba a medias el discurso del padre, que trataba de las pocas oportunidades que había tenido él de instruirse, importándole por consiguiente más que nada en el mundo hacer de su hijo un «señor…», un «muchacho elegante…», un «hombre instruido…», cosas que le pegaban tan poco a Médéric, que tenían tan poco en cuenta sus verdaderos atributos que yo también terminé escapándome por dentro, de lasitud.

De repente, oí que me interpelaban:

—Usted que dicen que es tan excelente maestra, que tiene el don de hacer que los niños progresen, dígame con toda franqueza: ¿tengo razón o es dinero y tiempo perdido esperar que mi muchacho siga unos buenos estudios? ¿Es al menos inteligente?

Intercepté la mirada de Médéric; la marca de una antigua hostilidad dispuesta a renacer se amasaba en el violeta oscuro de la pupila. Fue a él a quien dirigí mi respuesta:

—En cierto modo, Médéric es mi mejor alumno, el más fiel, el más apegado a lo que le gusta, en la naturaleza, por ejemplo...

Rodrigue Eymard dio un gran puñetazo en la mesa.

—¡La naturaleza, la naturaleza! ¡Eso a mí me da igual! Lo que yo quiero es instrucción. Si Médéric tiene tanto talento, ¿por qué no me da la satisfacción de ser el primero de la clase?

—A lo mejor es porque no lo hace de corazón.

Rodrigue Eymard estalló entonces en una risa prodigiosamente despectiva y grosera, sin más explicación. Yo ya no sabía realmente qué pensar de aquel hombre. Por momentos, su tono sensiblero era exactamente el de un borracho tratando de dar lástima, pero luego sentía que clavaba en mí una mirada empalagosa y perspicaz. Me escrutaba con una atención cuyo sentido no era capaz de interpretar. Cambió de nuevo el tono para mi sorpresa; ahora me daba la razón con una especie de dulzura:

—Por supuesto, hay que hacerlo de corazón, como dice usted. Pero hay corazones y corazones. En esto del corazón se puede uno equivocar tremendamente. Mire yo, que me equivoqué de cabo a rabo. A la edad de Médéric —prosiguió medio soñando—, me gustaba estudiar, tenía talento, me parece a mí. Dios sabe lo que habría podido pasar de haberme guiado alguien que hubiera tomado en cuenta mi futuro.

De nuevo me quedé estupefacta, porque ahora, en el rostro surcado de arrugas y en aquellos ojos embotados, creía percibir el indescriptible sufrimiento de toparse con el recuerdo de un sueño de juventud al final de una vida fallida. Lo escuché con más atención, apiadada a mi pesar por aquel pomposo hombre atribulado.

—Por eso —me confió como en secreto, tirándome de la manga— es por lo que me importa tanto que Médéric consiga aquello por lo que yo tanto he sufrido al no poderlo alcanzar —y gritando súbitamente a pleno pulmón—: ¡o le partiré, le partiré…!

Pero enseguida se apaciguó y empezó a mirarme de nuevo de arriba abajo, esta vez con una especie de interés afectuoso que me hizo sentirme muy incómoda.

—Usted que tiene tanta influencia sobre él —me dijo—, que la escucha hasta la más mínima palabra, ¿no podría convencerlo de que se ponga a estudiar en serio?

—Hago todo lo posible, señor Eymard.

—¿Todo lo posible?

Su tono o tal vez la expresión de su cara dejaban entrever una desagradable segunda intención que me costaba comprender.

—Los posibles de las maestras de antes de que usted llegara no eran gran cosa, tengo que admitirlo. Pero usted que es joven, refinada y, permítame que se lo diga, encantadoramente guapa, ¿acaso no son irresistibles sus posibles?

Desde que el discurso de su padre había dado aquel giro dudoso, Médéric y yo tratábamos de no mirarnos, pero en ese momento nuestros ojos no pudieron evitar buscarse del miedo a ver nuestra franca camaradería mancillada.

Sin embargo, Rodrigue Eymard cambió una vez más de tema y volvió a su obsesión por ver cumplir en Médéric lo que él no había podido realizar.

—Es un deseo muy fuerte, señorita —me dijo.

Y yo, creyendo de nuevo en su palabra, lo compadecí otra vez, al tiempo que le hacía ver que tendría más éxito con Médéric si lo dejaba seguir su propio camino, instruirse a su manera, feliz a su manera.

Entonces, pese a lo amodorrado que estaba por el vino, Rodrigue me lanzó por debajo de sus pesados párpados una mirada tan hostil que me pareció que la borrachera le había desaparecido de repente.

—¡Feliz a su manera! ¿Esas son las tonterías que le cuenta cuando se marcha sola con él todo el día a las colinas?

A pesar del insulto, conseguí contenerme, obligándome a traspasar con la mirada las cortinas de encaje de punto grueso en busca del exterior, que se estaba volviendo amenazante. Cuando recobré un poco la calma, me atreví a observar:

—El tiempo empeora por minutos. Será mejor que me marche.

El amo de la casa estalló de nuevo en una carcajada.

—¡Anda ya, anda ya! La gran tormenta no empezará hasta dentro de una hora o incluso dos. Tenemos tiempo de pasar al salón a tomar el café.

De pie, pareció tambalearse y buscó apoyo en mi hombro.

—Ya no tengo muy buena salud, señorita, a pesar de las apariencias. Podría morirme en cualquier momento, por lo visto… Desde luego, Médéric es quien lo va a heredar todo, y, más tarde, mi futura nuera si la elige a mi gusto… ¿Ve usted?, yo quiero a mi hijo a mi manera, porque incluso he pensado en eso.

Al entrar en el salón, me detuve asombrada ante el retrato cándido y sin embargo fascinante de una mujer joven muy guapa. Los ojos eran los de Médéric, de un violeta umbrío lleno de sueños tristes bajo las largas pestañas oscuras.

—Mi difunta —explicó Rodrigue, y volvieron a invadirlo sus accesos de risa, imposible de saber si provocados por un sufrimiento sin consuelo o por un resentimiento tenaz—. En realidad, la llamo así por comodidad, porque en verdad está igual de viva que usted y que yo, pero es como si no lo estuviera, desde que nos dejó a mí y a su precioso hijo. Piénselo: una mujer que saqué de su tribu, de una reserva india. Pero ya mestiza, sin lugar a dudas, porque ¿de quién habría podido heredar esos ojos, salvo de algún señor merodeador? A mí, por mi parte, me hechizaron desde la primera mirada. De hecho, todavía caigo bajo el hechizo cada vez que este retrato me los recuerda. En Médéric, que es un chico, ¡es totalmente ridículo, unos ojos así! Pero en ella era provocador. Y mire por dónde, ¿se lo puede creer?, entre todo lo que puse a sus pies con profusión: la casa, y me costó su dinero, le doy mi palabra, los muebles caros, los vestidos encargados en Winnipeg, la berlina de firma, ¿ha visto?, y todo lo demás, incluso sirvientas para servir a mi india, pues bien, entre eso y la tribu, fue la tienda, la tribu, lo que eligió.

Señaló a Médéric con el mentón, despreciativo.

—Y él no me sorprendería que haga lo mismo un día. Lo que me da un poco de esperanza es que usted tiene influencia sobre él, que podría usted tener más si se lo propusiera y, sépalo, señorita, el padre Eymard no es ningún ingrato.

Apoyado en un mueble con la cara vuelta en otra dirección para no escuchar a su padre hablar de él como si no estuviera delante, Médéric rehuía la mirada, tan pálido que daba pena. Lo comparé con la imagen que tenía de él cuando, desde el altiplano en la cumbre de las colinas, contemplando el infinito y apacible transcurrir que teníamos ante los ojos, no había podido evitar, en confianza, tomarme como testigo: «Sita, desde aquí, ¡es como si el mundo fuera nuestro!».

Lo que sin embargo me hizo más daño en aquel momento fue distinguir en el perfil de Médéric un cierto parecido con su padre.

—Aunque no le haría ningún daño —continuó Rodrigue—, ir a frotarse con las jóvenes salvajes. Son atractivas y precoces. A lo mejor el tonto aprendería que pronto estará en edad de gustar. No obstante, si él quisiera escucharme, lo que yo le diría es que espere a que valga la pena. Pero en nuestras pobres campiñas las mujeres son unas ignorantes y unas brutas. ¿Qué compañía va a merecer la pena aparte de la maestrita de escuela que un buen día nos cae, como quien dice, del cielo? Lo que yo habré esperado cuando tenía la edad de este tarambana, o unos años más quizá, a mi maestrita de escuela, para sacarla por ahí, llevármela a las verbenas… pero en mi época no vino nadie para salvarme de mi ignorancia y guiarme en la vida.

En su autocompasión se le humedecieron los ojos.

—Mi muchacho, sin embargo, tiene suerte de que haya venido usted —prosiguió—. Con mayor razón le digo: no la fastidies con la maestrita. Es tu salvación, hijo mío.

Me levanté y me dirigí a Médéric:

—Vámonos. ¿Me llevas?

Él salió corriendo y volvió al salón con su abrigo puesto y trayéndome el mío, que me ayudó a ponerme.

Mientras nos acompañaba hasta el umbral dando bandazos, Rodrigue Eymard me reprochó que me fuera tan temprano, antes de habernos podido conocer de verdad. Sus últimas palabras se perdieron en las sacudidas del viento embravecido.

VI

Aunque se hubiera desencadenado la tormenta, cuyo estruendo, como el del agua pasando por presas abiertas, oíamos a lo lejos, al principio no la sufrimos demasiado al estar bajo la protección de los árboles de la senda de la granja que, plantados a intervalos regulares, nos servían igualmente de puntos de referencia en la atmósfera confusa. Nos sentamos alejados el uno del otro, cada cual en su extremo de la banqueta y en silencio. Yo le lanzaba miradas de vez en cuando a Médéric y, con los extraños resplandores que a veces desprendía la nieve inflada, veía su rostro herido.

—Perdón, señorita —murmuró al final con voz apenas inteligible—. No podía imaginarme que iba a insultarla bajo nuestro techo. Ahora veo por qué trataba de engatusarme con todo tipo de regalos. ¡Ah, qué mano tiene! En el fondo, sita, ¡mi padre es el demonio!

Yo tendí la mano para tomarle la suya con intención de reconfortarlo, pero retuve el gesto, consciente de que ya nunca más me atrevería, de que ya no debía hacerlo. Y de aquel sentimiento de privación me vino una pena confusa que parecía extenderse por un futuro impreciso, porque yo ya no sabía muy bien de quién había que tener pena, si de él o de mí, o de cualquier ser que, al alcanzar la edad adulta, pierde una parte viva de su alma con su espontaneidad, en parte, destruida.

De todas formas, estábamos llegando al final de la senda de árboles e íbamos a tener que afrontar el viento de lleno, con su tumulto ensordecedor que volvería imposible cualquier conversación. De hecho, nada más comenzar a bordear la senda para adentrarnos por la llanura abierta, fue como si llegáramos de un afluente todavía navegable y desembocáramos en un río con el cauce multiplicado por cien y que, aun así, tendríamos que remontar a contracorriente. Notamos la resistencia, el empuje de una fuerza salvaje que reventaba por todas partes en exaltaciones sonoras y blancas figuras de ensueño empujadas a la histeria. Gaspard era la proa de nuestro frágil navío. Surcaba la tempestad, que se dividía a cada lado del trineo fluyendo a una velocidad desquiciada, llena de silbidos continuos y de una mezcla de gritos. Parecían llamadas de socorro procedentes de balsas que pasaban invisibles junto a nosotros en sentido contrario, arrastradas por la corriente.

Médéric, completamente rígido, era todo atención para distinguir entre las desquiciadas siluetas inventadas por el viento y la nieve los humildes postes de la línea telefónica que a partir de ahora iban a ser nuestros únicos guías. Vi que se pegaba mucho a la línea, a riesgo de volcar en la cuneta, de modo que me puse a ayudarlo dejándome los ojos en acechar la aparición del próximo hilo. Más de una vez, al darnos la sensación de que tardaba en aparecer, creímos habernos alejado por los campos para perdernos en ellos para siempre. Pero luego, el uno o el otro, en aquella ola que nos envolvía, vislumbraba la línea telefónica y lo anunciaba en voz alta. Fue así, a trompicones, como empezamos a hablarnos de nuevo, sin duda para animarnos mutuamente a vivir… cuando el ánimo lo teníamos más bien malherido.

Pronto, Médéric empezó a aprovechar los instantes en los que algún un poste quedaba visible para dejar descansar a Gaspard, ya todo sudoroso. El pobre caballo bajaba entonces la cabeza contra el viento y adoptaba el aspecto de estar completamente rendido. Poco después tomó la iniciativa de pararse por sí mismo cuando el hito emergía, hundiéndose al instante en aquella actitud de lasitud extrema que hacía que me diera lástima e igualmente debía de apenar a Médéric, aunque este no dijera una palabra. En esos instantes en los que esperábamos a que Gaspard se recuperara y podríamos haber hablado más cómodamente, fue sin embargo cuando pareció más abatido, encerrado en un silencio que hacía que me preguntara si lo que estaba gestando era la humillación de haberse mostrado ridículo en sus esfuerzos por parecer mayor ante mis ojos con su ropa nueva o si no sería otra pena mucho más profunda la que lo hacía sufrir.

—Lo mejor es que ya no vuelva a la escuela —dejó escapar de repente, como si ya no aguantara más—… después de… lo que mi padre ha dicho.

De nuevo mi mano voló al encuentro de la suya y se detuvo por el camino.

—Al contrario, Médéric —me limité a protestar—, más que nunca tienes que volver. ¡Es tu única escapatoria de verdad!

Sin responderme, ordenó a Gaspard que se pusiera en marcha. Apenas calmada, la valiente criatura se arqueó con todas sus fuerzas, levantó con brío la cabeza y luchó por remontar la imposible corriente de nieve, viento, quejidos y gritos. Incluso la berlina que antes había hecho nuestras delicias, ahora evocaba el naufragio, recubierta de cúmulos de nieve como un pobre navío, con el capó medio suelto y pesada de arrastrar. Médéric me habló y su voz, aunque cercana, me pareció extraña, deformada bajo las arremetidas del viento o de la emoción. Me volví rápidamente a mirarlo, como si fuera un desconocido. Y sin embargo era el mismo niño que la víspera, aunque con expresión inquieta, desamparada. Me recordó a lo que yo había sentido no hacía tanto tiempo al verme separada de mi residencia natural, al borde de la vida adulta. Lo habría dado todo por tranquilizarlo: «Venga, Médéric, es solo un paso que hay que dar. Uno se acostumbra… ya verás…», pero yo temía precisamente que, de aquella ruptura del ser, de la separación de la infancia, nos quedara un dolor que tal vez nunca sanara por completo.

Seguro que fue en aquel momento en el que ambos estábamos tan absortos por el misterio de nuestra existencia cuando nos olvidamos de buscar con la mirada los postes que nos servían de jalones. Y, de repente, ya no hubo línea telefónica ni siquiera suelo firme bajo la nieve, que formaba blandas colinas; veíamos a Gaspard hundirse en ella hasta el pecho, volver a salir con gran esfuerzo y recaer.

—Nos hemos salido de la carretera —dijo Médéric.

Se bajó del trineo, se hundió profundamente en la nieve él también; encorvado bajo los envites del viento consiguió llegar hasta Gaspard, contra el que se apoyó. Creo haber distinguido que le pasaba un brazo alrededor del cuello y tal vez estuviera llorando, apoyada la cabeza contra la de su caballo, porque me pareció que sus hombros subían y bajaban, como cuando se hacen grandes esfuerzos por contener las lágrimas. El propio caballo, con pequeños movimientos de la cabeza bajo el rostro escondido de Médéric, parecía querer consolarlo. No sé por qué, esta escena en medio del viento, que también se lamentaba, se me quedó grabada para siempre. Una ola de nieve se levantó entre nosotros y los perdí de vista, pese a que estaban a unos pasos de mí. De la opaca blancura, lo único que emergía era una crin negra y ondulante. Médéric se acercó a mi lado del trineo y asomó la cabeza dentro. A través de las ráfagas de viento, vi que le brillaban un poco los ojos. Y su voz, cuando me habló, me dio la impresión de que había recorrido años para alcanzarme.

—Creo que estamos perdidos, sita.

Eso fue, me parece, lo que dijo. Con el tono, no obstante, de estar diciendo, más bien: «Nos salvamos, sita». Y yo me estremecí como si fuera una buena noticia.

Luego, Médéric volvió junto a Gaspard. Abrigada entre las mantas, me abandoné al sueño de partir de esta vida. Nos veía a salvo, escapando al mal, a la herencia equivocada, al afeamiento del paso de los años, que tal vez temamos más que ninguna otra cosa durante el orgullo de la juventud.

Las tormentas volverían a despertar ese mismo deseo en mí a menudo, pero nunca tanto como aquella vez, la primera en la que, desde el fondo de los vientos aulladores, oí que me llamaban los ángeles indignados. Imaginé cómo nos encontrarían a Médéric y a mí cuando pasara la tormenta: dos estatuas puras, el cabello y las pestañas empolvados de escarcha, intactos y hermosos. Si acaso, tal vez, las cabezas inclinadas una hacia la del otro.

De vuelta junto a mí, como si me dejara al cuidado de decidir por los dos, Médéric preguntó:

—¿Qué hacemos, sita?

Su docilidad para conmigo me llegó al alma.

—Según tú, ¿qué habría que hacer?

Él esbozó una sonrisa medio triste.

—Tapar a Gaspard.

—¡Pues nada!

Cogió una de nuestras mantas y la lanzó sobre el lomo del caballo. Con las manos desnudas, en las que primero se soplaba, le frotó el cuello, trató de calentarlo, le quitó también la nieve de los ojos. Por aquellos gestos, yo me daba cuenta de que al muchacho le daba más lástima de Gaspard que de sí mismo, que tal vez fuera su caballo, antes que nada, lo que él quería salvar. Y de repente, como si el semental blanco fuera el primero en recuperar el juicio, se puso en marcha por sí mismo, arrancando la berlina con un gran tirón de la nieve blanda en la que se había hundido. Médéric saltó a su asiento. Dio rienda suelta al caballo.

—Hemos vuelto a la carretera —constató pronto.

—¿Cómo lo sabes?

—Por el paso de Gaspard. ¿No lo siente usted más seguro? ¡Qué animal más bueno!; es mucho más sensato que mucha gente.

Entonces pasó vagamente ante nuestros ojos la delgada silueta de un poste y nos echamos a reír, rendidos a la increíble despreocupación de nuestra edad.

—Ha pasado miedo —me pinchó Médéric.

—En absoluto —le dije—. No pensé que estuviéramos perdidos para siempre.

—Sí que lo pensó.

Nos deslizábamos hacia un tono de confianza amistosa. Me di cuenta. Me aislé en el silencio. Poco después, distinguimos débilmente una fina línea negra continua entre el cielo y la tierra.

—La arboleda de los Beauchamp —me indicó Médéric—. La vamos a tener muy cerca de la carretera durante casi una milla. Luego hay un trozo de camino al descubierto, pero es una subida, y la nieve no se amontona por allí. —Concluyó como si se burlara un poco—: Así que me parece que estamos salvados.

¿Por qué entonces me pondría yo tan triste en el fondo? Me vino a la mente que podríamos vivir mucho tiempo, hacernos viejos Médéric y yo. La visión era, realmente, demasiado increíble. La rechacé. Me arrellané en el fondo del asiento, al abrigo del viento, tras decirme Médéric que ahora podía arreglárselas solo para localizar la línea de árboles y que durmiera si estaba cansada.

Cerré los ojos, pero no porque necesitara dormir. Era para soñar más a gusto. Descartada ahora la idea de morir o incluso de envejecer, disfruté imaginando que recorría la vida sin hacerme mayor. Viajaría, viajaría mucho, me decía, incitada sin duda a aquel sueño en particular por el balanceo de la berlina que se hacía menos rudo, más regular. Visitaría países, ciudades, lugares incomparables. Me veía alcanzando un futuro encumbrado desde el que me volvía a mirar con cierta conmiseración a la torpe maestrita rural que había sido.

Abrí los ojos. Me quedé mirando uno de los dos farolillos de cuatro caras hermosamente engastadas de varillas de plomo que colgaban a cada lado del trineo. El cristal oscurecido me devolvió el reflejo de mi rostro. Se me apareció borroso, agraciado, con unos ojos lejanos que perforaban los remolinos de nieve y el cabello alocado y espumeante. No podía apartar la mirada.

Entonces, justo al lado del mío, apareció el rostro de Médéric, que se había acercado sin darse cuenta de que el cristal reflejaba su imagen también. Se inclinó hacia mí, tal vez para ver si dormía. Como yo no me movía ni decía nada, puede que creyera que dormitaba. Con los ojos medio cerrados, lo observé en la cara reflectante del farolillo por la que pasaban, arrastrados por las corrientes de nieve, nuestras dos caras borrosas, como en antiguas fotos de boda. Luego, todo se aclaró un momento y distinguí el rostro de Médéric vuelto hacia mí. Un mechón de pelo que se me había escapado del gorro se elevó animado por el aire y le rozó la mejilla. Inmóvil, los ojos fijos en el cristal del farolillo, lo vi que se quitaba el guante y trataba de atrapar el mechón rebelde. Estuvo a punto de cogerlo al vuelo, pero se detuvo, la mano en suspenso, sorprendido de sí mismo y de su gesto. Su mirada me reveló un asombro infinito y una dulce ternura como nunca vuelven a verse en el amor satisfecho ni en aquel que sí se reconoce como tal. Médéric parecía flotar él también sobre islas de nieve y yo tenía la curiosa impresión de que todo lo que veía ocurría solo en el farolillo, de que era este el que inventaba aquellos juegos en los que en realidad no participábamos ni Médéric ni yo. Pero entonces me mostró a Médéric con la cara descompuesta, que cerraba los ojos sobrecogido por su primera turbación del corazón.

Volví a remeterme rápidamente el mechón fugado bajo el gorro de lana y me retiré lo más lejos posible al extremo del asiento, perdiendo así de vista el farolillo de efectos perturbadores. Adopté un tono ligero:

—Hemos pasado lo peor, ¿no crees? Está claro que volveremos a ver el pueblo, la escuela, todo lo que te molesta, mi pobre Médéric…

Regresó lentamente de la confusión que lo había sorprendido y todavía retenía su mirada, medio cautiva y medio desconcertada.

—En cuanto a la escuela, no es seguro que me vuelva a ver el pelo —farfulló—. Ni siquiera el pueblo.

—Y entonces, ¿dónde vas a pasarte la vida?

Yo había tomado la decisión de provocarlo y devolverlo a lo que a mí me parecía su naturaleza. La tormenta había perdido algo de virulencia. A pesar de una visibilidad muy débil todavía, ya no nos jugábamos el cuello constantemente allí afuera. Nos habíamos puesto en manos de Gaspard, que trotaba firmemente por la carretera. A dos pasos de nosotros pasaba el viento todavía fogoso, estremeciendo a veces la capota, pero sin incomodarnos ya en realidad. Ahora la carrera era pura embriaguez. A mí me proporcionó un placer extremo compararla entonces con el transcurrir de la vida. Sí, así se me antojaba la vida ahora, como una larga y triunfal carrera, inmersa en una embriaguez constantemente renovada. Había olvidado la desgraciada tarde que acababa de vivir.

—En esta berlina —le dije a Médéric llevada por la alegría del paseo—, contigo y con Gaspard, iría con gusto hasta el fin del mundo.

Él entró al juego, aliviado al ver que había recuperado el júbilo.

—¿Vamos? ¡Hasta Manitou! ¡Hasta La Rivière!

Eran pueblos situados a cuarenta, cincuenta millas de distancia.

—¡Swan Lake! ¡Mariapolis! —añadí yo.

—¡Nueva York! ¡Filadelfia! —siguió él.

Nuestra alocada armonía me arrebataba tanto que, percibiendo de repente el débil parpadeo de una luz a través de la nieve gaseosa, exclamé con tristeza:

—¡Oh, no! Más bien llegamos al pueblo… ¡Qué pena! Con ganas me haría de nuevo el trayecto solo por la felicidad de estar tan bien y calentita en tu berlina, en medio de los vientos del final de los tiempos.

Apenas había acabado mi frase cuando, poniéndose de pie, Médéric tiró de Gaspard para que girara sobre sí mismo.

Esta vez, mi mano voló para posársele en el brazo y detenerlo inmediatamente.

—¡Pero bueno! ¿De veras crees que habría sido capaz de obligar a Gaspard a hacerse este trayecto una y otra vez?

—Ah —dijo él, dando media vuelta de nuevo— él lo habría hecho, sita —y toda su tristeza lo inundó de nuevo.

De golpe, nos habíamos caído de nuestra alocada embriaguez. Volví a ver el comedor pomposo, el recargado mobiliario, las cortinas tiesas, a Rodrigue Eymard, el desequilibrado de pequeños ojos pérfidos, espiándonos a su hijo y a mí.

Poco después estábamos delante de la casa donde me alojaba. Gaspard se detuvo por sí mismo. Médéric permaneció inmóvil, sin embargo, la mirada gacha, como si estuviera estudiando un pensamiento abrumador.

—Hemos llegado, Médéric —le dije yo.

Él levantó con asombro la mirada, se apresuró a abrirme la portezuela, vino conmigo hasta el umbral. Yo lo invité a entrar para calentarse, pero como se acercaban los pasos de mi casera, comenzó a recular, muy incómodo, diciendo que no le gustaba aquella mujer ni, de hecho, nadie del pueblo… y que era mejor marcharse de nuevo antes de que Gaspard se enfriara.

Cuando mi casera abrió, me halló sola delante de la puerta en medio de la nieve y esbozó una sonrisita que lo decía todo.

VII

Nada volvió a ser ya como antes entre Médéric y yo. Con sus catorce años cumplidos desde hacía bastante tiempo, seguía frecuentando la escuela. Salvo que ¿para qué tanto esfuerzo si, en realidad, estaba cada vez menos presente? Había encontrado un box para Gaspard en un establo caldeado a la salida del pueblo. Al mediodía se iba allí a cuidarlo y a compartir con él, en la cálida penumbra, su manzana y el pan de la merienda. En realidad, nunca había hecho amigos en la escuela, al ser mayor que la mayoría de los niños, pero ahora se alejaba todavía más de todos y el único compañero que tenía de verdad era su caballo. Cuando volvía de estar con él venía oliendo a establo y un día no pude evitar señalárselo. Me lanzó una mirada de reproche, aunque no se atrevió a decir nada para defenderse. Pero eso no era lo único que me desesperaba de él. Seguía vistiéndose con el traje nuevo de rayas anchas que le había visto por primera vez el domingo en el que Rodrigue me invitó a cenar a su casa y que tanto me había disgustado. Vestido con aquel traje, parecía un hombre joven que hubiera entrado en la escuela por inadvertencia y se demorara sin motivo entre mis pequeños. Tratando de hacérselo entender con tacto, un día le dije que, en mi opinión, su ropa habitual le favorecía mucho más que aquel traje llamativo, más apropiado para un adulto, pero fue inútil, siguió poniéndoselo y yo no sabía si era para desafiarme o porque ya nada le importaba. Es verdad que en el transcurso de aquellas pocas semanas fue como si casi todos los días tuviera algún fallo que reprocharle, bien porque me ponía nerviosa o bien porque él se mostraba cada vez más exasperante. En efecto, apenas le había echado en cara su ropa demasiado seria que, viéndolo estirar las piernas en el pasillo y jugar, como al principio, a ponerles la zancadilla a las niñas, me enfadé y le dije que era ridículo para un chico grande, de su edad, entregarse a aquellas chiquilladas. Esta vez me sostuvo la mirada con una expresión medio socarrona, medio arrepentida también, como si le diera lástima verme tan cambiante. La mayor parte del tiempo, sin embargo, se perdía en ensoñaciones taciturnas. Sus deberes ya no valían nada. Se extraviaba durante horas en una especie de lastimera inercia y parecía un viajero en medio de un páramo, sin puntos de referencia, que, al no saber a dónde dirigirse, permanece indefinidamente en el sitio, sin decidirse a ponerse en marcha. Entonces el corazón se me iba hacia él como en los viejos tiempos y trataba de arrastrarlo con todas mis fuerzas hacia la ternura que había mostrado por la naturaleza, recordándole cómo había amado esto y aquello hasta el punto de hacérmelo amar a mí. Se limitaba a dirigirme una sonrisa triste que parecía dar a entender que aquel tipo de felicidad se había acabado para él. Y luego le cambió la voz. Un día que recitaba la lección en voz alta, le cambió tan bruscamente que la clase volvió la mirada en todas direcciones para localizar al desconocido entre nosotros. Las niñitas fueron las primeras en comprender que aquella voz era la de Médéric. Algunas se troncharon de risa simulando que se tapaban la cara con las manos. Las habría abofeteado. Médéric, incómodo, pareció casi agresivo. No volvió a consentir leer en voz alta. Lo hacía en un tono sordo que yo apenas oía desde mi sitio, porque ya no iba a sentarme junto a él al otro extremo de su banco ni le pedía que se acercara a mi mesa. Así había acabado yo manteniéndolo a distancia justo cuando más falta le habría hecho mi ayuda, pues me desconcertaba que creciera tan rápido ante mis ojos. Seguía haciéndose mayor, y su rostro, adelgazado en extremo, me recordaba al de un galgo de frente, los ojos en lo alto, mirando con tristeza las cosas de alrededor.

Una tarde, no obstante, acabada la clase, se ofreció para limpiar. Yo había establecido la costumbre de que mis alumnos mayores se encargaran por turnos de la limpieza, aunque siempre disculpaba a Médéric porque vivía realmente demasiado lejos y el más mínimo retraso lo habría hecho llegar a casa casi de noche. Pero los días comenzaban a alargarse.

—Pues sí —le dije—, quédate si quieres, porque es verdad que te toca a ti.

Entonces, a pesar de que él odiaba hacer cualquier tipo de servicio doméstico, incluso ir a por un cubo de agua, se puso a barrer el suelo casi con entusiasmo. Mientras yo corregía redacciones sentada a mi mesa, lo oía ir y venir y desplazar los bancos para limpiar por debajo. También es cierto que sin esforzarse demasiado en quitar el polvo, pero con un deseo tan evidente de agradarme que de repente me enternecí. Creí comprender que deseaba hablar conmigo a solas, que por eso se había ofrecido para la limpieza, y que ahora no sabía cómo empezar la conversación. Decidí facilitarle las cosas. Lápiz en mano y haciendo como si estuviera disponible a medias, le pregunté en un tono que trataba de parecer despreocupado:

—¿Qué tal van las cosas con tu padre, mejor?

Pareció como si le hubiera quitado un gran peso de encima. Se acercó.

—Así es, sita. Lamenta lo que pasó cuando vino usted. ¿Sabe?, en realidad no suele beber tanto. Dice que fue por la emoción de volver a tener a una persona joven en casa, que, si viniera usted otra vez, no se repetiría la escena de la que seguro guarda un mal recuerdo, que lo daría todo en el mundo por borrarla con otra cena uno de estos días, si usted aceptara.

—Pero yo creía cerrado ese capítulo, Médéric.

Él agachó la cabeza.

—Si no quiere volver a nuestra casa, mi padre accedería de todas formas a prestarme la berlina para que la pasee por donde quiera ir, puesto que le gusta tanto.

—¿Pero a dónde querrías tú que fuéramos, Médéric?

—A lo mejor —murmuró él incómodo, sin mirarme—, al pueblo de al lado, que tiene cine y todo tipo de distracciones. Padre piensa que debe usted de aburrirse, una mujer joven y sola en el pueblo, sin amistades, sin nadie que la saque por ahí.

Estaba estupefacta. Médéric, tan soberbio y tan despectivo hacía poco, me hablaba ahora casi suplicándome y, algo que no arreglaba las cosas, con la escoba en la mano.

Le dije que ya me había ayudado bastante y que terminaría de recoger yo sola. Alcé la mirada para buscar la suya y volví a encontrarme con su altanería natural luchando contra no sé qué disposición a someterse a mí que me apenó y, al mismo tiempo, me volvió contra él.

Me hice tan maestra de escuela como me fue posible:

—Yo no me aburro en absoluto con mi trabajo, Médéric. Es mi vida entera. Mi pasión. Me basta completamente.

—Sin embargo —se atrevió a recordarme—, ¡estaba usted tan feliz paseando por la nieve, en libertad…! Me dijo que habría dado media vuelta solo por el placer de volver a hacer el camino bajo la tormenta.

—No habrás ido con el cuento a otras personas, espero… —arremetí contra él.

Inclinó la cabeza con un gesto que era una confesión.

Tuve que esforzarme ahora para tranquilizarlo, de lo arrepentido que parecía de haberme disgustado.

—Venga. Además, eso no tiene importancia en realidad… Pero, Médéric, sin ánimo de juzgarlo, porque es un hombre que ha sufrido mucho, no escuches todo lo que te dice tu padre.

—¿A quién escucho entonces? —me preguntó.

No supe qué responder.

—A ti mismo. A tu mejor….

Sus extraños ojos de un violeta crepuscular se fijaron en mí con una patética buena voluntad que me pedía ayuda en silencio.

—Usted ya no me quiere, sita.

Lo miré largo rato y comprendí que Médéric, inconsciente de sus propios sentimientos, se refería a que yo ya no le prestaba en clase la misma atención que antes.

Entonces le sonreí amistosamente.

—Vamos, Médéric, claro que te quiero como antes. Ningún alumno me importa tanto como tú, si quieres saberlo. Si tú aprobaras, yo sería la maestra más feliz del mundo. Cuando eres perezoso y holgazán me da mucha pena.

—Pero —me reprochó él dolorosamente—, ya no vendría nunca conmigo a las colinas o ni siquiera por la carretera con la berlina.

—No, Médéric, esas cosas se acabaron para mí. Además, ya no tengo tiempo. A partir de ahora, voy a dedicarme por entero a mi clase. Haz tú lo mismo si quieres agradarme.

Acto seguido, hice como si volviera al trabajo. Él, de pie delante de mí, estuvo dudando largo rato y luego, con lo que le quedaba de su antigua bravuconería, me plantó la escoba encima de los papeles que tenía desplegados en la mesa, se encogió de hombros con un movimiento que pretendía ser independiente y volvió silbando a su pupitre. La postración de su delgada silueta traicionaba aun así una vulnerabilidad tan conmovedora que me entristeció por completo. Me dije que lo estaba tratando con excesiva severidad solo porque era alto para su edad y yo joven, castigándolo, como quien dice, por haberme mostrado yo misma imprudente con él.

Llegado a su pupitre, se puso a recoger sus efectos con una rapidez rabiosa, los cuadernos, los libros y hasta su diccionario, porque era el único de la escuela que poseía su propio ejemplar. Yo me decía: «Quiere ponerme a prueba; está haciéndose el fanfarrón; que no parezca que me lo tomo en serio», y me mostraba más o menos tranquila cuando, por dentro, el corazón me latía angustiado. Porque, de repente, ante la idea de perderlo, se me volvió más preciado de lo que hubiera podido imaginar. Con el hatillo hecho y sujeto con una correa de cuero, dio un paso por el pasillo y hundió su extraña mirada repleta de agotamiento y de soberana soledad en la mía.

—Sita, yo ya no veo qué pinto en la escuela. Ya no veo por qué habría de volver.

Las protestas se elevaron en mi corazón, miles de buenas palabras para retenerlo. Demasiado joven, demasiado torpe, demasiado ofendida tal vez, solo supe responderle con sequedad:

—Si es para no aprender nada nunca y no tratar de instruirte, en efecto, no veo por qué…

No me dio tiempo a decir más. Regresando a la violencia de antaño, se giró sobre los talones y se marchó a grandes zancadas, con sus pertenencias de colegial arrastrando al extremo de la correa, como un grillete del que iba a liberarse para siempre.

VIII

uién habría podido convencerme, de habérmelo
predicho unos meses antes, que mi clase, desembarazada del alumno más difícil, ¡me resultaría de
un aburrimiento supino! Diez veces al día dirigía la mirada a mi pesar al banco vacío. Y las mismas veces a la planicie nevada, donde la ondulante crin negra, lo único visible
en la blancura tranquila, me había señalado con frecuencia la llegada del colegial a todo galope, estremeciéndome
al distinguirlo con la misma alegría comparable, supongo,
a la que se siente cuando, habiendo domesticado a un animal libre, lo ve uno correr a su llamada.

«Cuando pasen estas últimas tormentas fuertes de
marzo, que son las peores del año… seguro que vuelve…»,
me decía yo, y, a continuación, «cuando pasen estas lluvias
interminables y todo este barro…», como si viento, lluvias,
barro y tormentas hubieran podido impedir a Médéric correr adonde él quisiera.

Me lo imaginaba deambulando por la triste y oscura
casa; o tal vez absorto en la lectura de un tomo de la enciclopedia; u ocioso si no, desaliñado, abandonado a la
única influencia de Rodrigue, al que suponía ahora perfectamente capaz de dedicarse a alejar a Médéric de mí,

después de haber intentado todo lo contrario… ¿Sería esta influencia la que prevalecería al final? ¿O la de la madre y la inocencia primitiva que le había legado en parte a su hijo, aunque fuera tal vez para su mayor desgracia, dejándolo en el fondo tan desarmado contra el ardid del mundo que prácticamente estaba condenado desde el principio? ¿O sería yo a fin de cuentas quien ganaría? A veces todavía lo creía posible. Me ponía entonces a vigilar el horizonte de la llanura con un deseo tan grande de ver aparecer allí al joven jinete sobre su caballo que de verdad pensaba que los estaba viendo acercarse. Enseguida me daba cuenta de que lo que yo había tomado por jinete y montura solo era un juego de luces y nubes, o el movimiento del viento sobre el llano.

Llegó la primavera. Nació, si se puede decir así, una hermosa mañana al amanecer. Llevaba semanas preparándose en silencio, bajo aguaceros, pesadas nubes, cielos grises, y he aquí que el primer día soleado fue como si floreciera ante nuestros ojos.

Yo no había asistido nunca todavía al nacimiento de la primavera en la llanura. No puede concebirse nacimiento más delicado. Aquí no hay barreras de hielo ni estruendo que la anuncie cuando estas se rompen con el deshielo, como estaba acostumbrada en mi ciudad natal, solo discretas vocecitas húmedas entre las hierbas viejas o en las zanjas poco profundas. El agua transcurre por ellas con dulzura, puesto que por aquí casi no hay pendiente: sin embargo, en la extensión silenciosa que las recoge con regocijo, estos delgados cantos líquidos surten más efecto que los ruidosos ríos de aguas crecidas.

En la tierra por fin expuesta, negra de un horizonte al otro, apareció el hilo sutil de los jóvenes brotes verdes que trazó el hilván apenas visible de las siegas por venir. Un pájaro cantaba en alguna parte de la inmensidad, que había suspendido cualquier otro ruido. El canto parecía venir de todos los puntos a la vez de la región abierta, y la mirada no sabía en qué lado localizarlo. A veces terminabas descubriendo al cantor justo encima de ti, posado en los cables del telégrafo, como si se burlara de haberte visto buscarlo por el cielo entero. Aquella primavera delicada, aquella primavera agraciada avivaba mis pesares. No me consolaba del hecho de haber fracasado con Médéric. Poco me importaba que mi clase fuera dócil y cariñosa, que casi todos los padres estuvieran ahora contentos conmigo. Mis alumnos más pequeños me devoraban con sus ojos brillantes de amor y, ¡Dios mío!, habitada por un sentimiento de derrota, hacía poco caso de aquel regalo no obstante sin igual; tal era la pasión que me controlaba durante esos años. Y hoy sé que, de todas las que nos controlan por completo para destruirnos y modelarnos, aquella, igual que las demás, es exigente y autoritaria.

A pesar de todo, ya no esperaba nada el día en que, acodada un momento en la ventana, vi ondular a lo lejos la negra crin del caballo blanco. Esta vez no venían a toda velocidad, sino más bien despacio, como sin ganas, poco resignados a regresar. Médéric saltó de Gaspard, lo ató al mástil de la bandera. Avanzó a grandes zancadas y, cuando me fijé en que tenía sus libros bajo el brazo, me estremecí con un arrebato de triunfo. Volví de todas formas a sentarme a mi mesa, dispuesta a recibirlo con muestras de agrado, pero atenuadas por la dignidad de mi papel. No por ello me latía menos fuerte el corazón. Así que había tenido éxito mi táctica, Médéric había vuelto y, si debía sacar de ello algún beneficio para su vida, yo sería en cierto modo la artífice. En aquel instante comprendí lo bien que se aplicaba a una clase la parábola de la oveja perdida y reencontrada, y dejé de rebelarme contra el sentimiento de que la extraviada hubiera generado más alegría que el dócil rebaño.

Su sombra precedió a Médéric en el umbral hasta que él mismo quedó enmarcado bajo el dintel, un larguirucho hombre-niño con los ojos atormentados de quien lleva buscando su camino desde hace tiempo. Agotado de cansancio, me pareció que entraba aquí a falta de no saber a dónde ir. La parte superior del rostro y los ojos velados por sus largas pestañas oscuras eran en efecto los de Médéric tal y como yo lo recordaba. Pero el dibujo de la boca, los labios más gruesos —¿o sería aquella sombra encima del labio superior?—, cambiaba completamente su fisonomía. La parte inferior del rostro acusaba ahora un cierto parecido con Rodrigue Eymard, mientras que los ojos dulces, tristes, perdidos en una ensoñación lejana, retenían el candor heredado tal vez de su madre. Nunca antes había visto así de atados, hasta que uno terminara imponiéndose sobre el otro, al hombre y al niño, y creo que sentí lástima por ambos, porque no parecían estar hechos para caminar juntos.

Médéric no nos saludó ni a mí ni a sus compañeros. Caminó arrastrando los pies hasta su pupitre, se dejó caer en el banco sin encontrar espacio para las piernas bajo el cajón. Yo quería recibirlo con una palabra amable y no conseguía abrir la boca del estupor que me producía el cambio acaecido en él. Traté de continuar con mis lecciones como si no pasara nada para darle tiempo a que se recuperase. En un momento dado, pasando por el pasillo central, me detuve junto a su pupitre y le pedí que tratara de seguir la clase. Él abrió dócilmente el libro por la página indicada, pero se quedó ahí, por lo visto incapaz de fijar la atención. Mas no parecía que su imaginación partiera de viaje como antaño, sino que daba vueltas y vueltas solamente, tan pronto ligada a sí misma como a un poste.

El día se alargó miserablemente. En el exterior todo era, sin embargo, dulzura y caricias. Yo ya me había fijado aquella mañana, de camino a la escuela, en que el aire tenía la pureza de un aliento completamente nuevo. Había señales de vida renaciente brotando por todas partes. Un niño me había traído un ramo de esos amentos de sauce que siempre me han enternecido, sin duda porque esta joven vida vegetal es la que más se parece a una pequeña vida animal en sus comienzos. ¿Acaso no parece, al pasarles el dedo por encima, que estamos acariciando a unos animalillos profundamente dormidos entre su sedoso plumón? Otro niño me había regalado los primeros crocus del año, recogidos por el camino junto a los montones de nieve fundida. Habríamos sido felices juntos sin la presencia entre nosotros de aquel joven extranjero cuya boca revelaba una amargura de hombre. ¿Por qué será que nos da tanta pena ver transparentarse al hombre en un rostro de niño cuando es la cosa más hermosa del mundo ver regresar al niño en un hombre?

Para mi sorpresa, terminada la clase, Médéric se quedó en su sitio cuando se marcharon los demás, deseando aparentemente hablar conmigo, pero tan incómodo en mi presencia que ya no sabía cómo expresarse. Solo sus ojos hablaban, sombríos y tristes, como si me tradujeran una queja del alma o alguna acusación imprecisa.

Como el silencio entre nosotros se volvía inaguantable, pregunté:

—¿Cuál es el problema, Médéric?

Al pronto, se le hinchó el labio. Creí que se le iban a saltar las lágrimas con aquella simple pregunta, él a quien ni siquiera había visto yo jamás humedecérsele los ojos. Debido a aquella emoción incontrolable, el niño reapareció tan claramente en Médéric a pesar de su traje de hombre que me levanté y fui a sentarme junto a él en el otro extremo de su banco, como hacía no tanto tiempo, y él me demostró su alegría con el esbozo de una sonrisa. Pero a continuación no supe qué decirle y nos quedamos en silencio durante largo rato, sentados mirando al frente en la clase vacía, y recuerdo haber pensado que parecíamos dos viajeros que hubieran elegido la misma banqueta de un tren que no terminaba de salir. Yo miraba mis propias lecciones escritas en la pizarra, los dibujos que había trazado allí, todo ello con un aire falso y distraído, al no saber cómo actuar con aquel adolescente demasiado alto que tenía al lado y al que sentía conmovido hasta el punto de echarse a temblar. Al final, posé mis ojos en él, y en los suyos, que se aferraban a mí, vi nacer el asombro, la fascinación, el sufrimiento del primer amor que, recién eclosionado en el corazón humano —la más frágil, la más tambaleante de las jóvenes vidas—, aún no sabe quién es y se estremece de miedo, de alegría y de deseo incomprendido. Si yo misma no hubiera acabado de pasar por ello, ¿habría entendido lo que le ocurría a Médéric? ¿Habría puesto tanto empeño en distraerlo para que no viera con mayor claridad en su tormento confuso? Mas no conseguí evitar que siguiera buscando algo de sí mismo que fuera estable, seguro, conocido, todo en él zafándose como estaba en ese instante de su propio conocimiento. Al cabo, en su desarraigo, como si ya no soportara más que lo dirigieran a un lugar desconocido sin comprender qué le estaba pasando, Médéric dejó caer dulcemente la cabeza en mi hombro. Y me dio pena constatar que su soledad infinita lo llevaba a buscar ayuda en mí, que debía alejarme para evitarle más daño todavía. No podía, sin embargo, decidirme a despertarlo de aquel adormecimiento dulce en el que parecía haberse sumergido. A pesar del abundante cabello espeso, su cabeza era ligera. Tenía la cara pálida, ambas manos reposando inertes sobre las rodillas. De repente, se las llevó al corazón, como si fuera allí donde nacían la violencia y la sorpresa que sufrían sus carnes.

Emitió un débil gemido:

—¡Ay, sita! Pero ¿qué me pasa? Es como si usted me… —se ahogaba de la confusión—: no es culpa mía. No lo he hecho queriendo.

Me permití una caricia muy ligera, alisándole con el dedo, a un lado de la cabeza, su cabellera oscura.

—Nadie, Médéric, lo ha hecho nunca queriendo, ¡nadie!

Antes de que se diera demasiada cuenta de lo que se trataba, le tomé la cabeza con las manos para posársela dulcemente contra el respaldo del banco. Me retiré, fui a sentarme a mi mesa de nuevo. Una mosca que el calor de la primavera había despertado de su somnolencia invernal volaba pesadamente golpeándose en todas partes con un ruido desagradable que torturaba los nervios. Yo también habría podido gemir de ver a Médéric con los ojos cerrados, que apenas respiraba. Me parecía estar viendo a un niño moribundo bajo la acometida sin piedad del hombre que va a nacer en él. Sentía que debía ir al rescate de aquella parte amenazada de la vida de Médéric a toda costa, y no sabía cómo actuar, no sabía qué hacer.

Él entreabrió los ojos. Me vio en mi sitio, atrincherada en mis funciones, los libros, los cuadernos formando una barrera entre él y yo. Centellearon dos lágrimas largo tiempo retenidas en el borde de sus espesas pestañas. Y luego, con gestos torpes, Médéric se puso a recoger sus pertenencias de colegial, sin enfado ni prisas esta vez, más bien a su pesar. Se interrumpió dos o tres veces para contemplar las paredes, los cuadros, los volúmenes de la enciclopedia expuestos en una repisa, el gran mapa desplegado con los continentes: América del Norte y América del Sur. Luego se quedó de pie en el pasillo, sin saber cómo despedirse.

—Fueron buenos tiempos para mí —comenzó con educación y la distancia necesaria, pero de repente se le quebró la voz.

—¿Por qué hablas así, Médéric? ¿Qué te impide volver? Siempre tendrás tu sitio aquí.

Asintió tristemente con la cabeza, dando a entender que, en cierto modo, lo había perdido por su culpa, aunque, como había dicho antes, había sido sin querer.

—Pero, por Dios, Médéric, ¿qué va a ser de ti?

Él se encogió de hombros con despreocupación.

—¡Aquí o en otra parte, lo mismo da…!

—Venga ya, ¡escucha!

Se volvió a mirarme, los ojos llenos de asombro de repente.

—¿Y a usted qué más le da, después de todo?

Tras un largo silencio, murmuré a su espalda, mientras se alejaba:

—Pues bien, según en lo que te conviertas, una pena infinita o una gran alegría. Es así, no puedo desvincularme de ti.

Lentamente, se volvió de nuevo a mirarme, y luego, no encontrando nada que decir, siguió su camino arrastrando los pies. Yo lo perseguí con un reproche que me parecía poder alcanzarlo todavía:

—Dices que tienes sentimientos por mí y sin embargo no te bastan para tratar de cumplir las esperanzas que yo tengo puestas en ti.

Esta vez se enfrentó a mí con virulencia, y había algo de Rodrigue Eymard en la mandíbula prominente.

—Pero ¿qué es lo que quiere entonces?

Le di tiempo para que se calmara, esperé un instante y dije, como para mí misma:

—Querría volver a encontrar, antes de despedirnos (si tenemos que despedirnos) a mi compañero de las colinas. ¿Volveré a verlo alguna vez, Médéric?

Él levantó la cabeza y me mostró unos ojos súbitamente desbordados de pena, resentimiento y una pobre ternura afligida que ya no era capaz de esconder.

Luego huyó de la escuela a la carrera, como un niño espantado.

IX

El final del año escolar llegó enseguida. Médéric no había vuelto desde aquel febril día de primavera que tan bruscamente lo había despertado a la llamada de la naturaleza. Yo lo compadecía profundamente y encontraba razonable, a pesar de todo, que mantuviera la distancia. Sin embargo, no había nada en el mundo que deseara más que volverlo a ver antes de marcharme. Porque me habían ofrecido un puesto en la ciudad y a final de junio me iría para siempre. Íbamos a dar una pequeña fiesta en la escuela con motivo del acontecimiento y, al mismo tiempo, del fin de curso. Seguro, me decía yo, que Médéric se ha enterado y vendrá al menos a despedirse de mí.

Estaba contenta por el puesto importante que había obtenido a pesar de mi juventud extrema, pero era consciente de que aquí dejaba una experiencia única de mi vida; seguro que nunca más volvería a vivir la exaltación profunda del compromiso que tan enteramente me había ligado a aquel pueblo en el umbral de los espacios casi vírgenes. Aunque todavía tenía por delante muchísimo que descubrir y que recibir, eso no me impedía comprender que detrás de mí había ya cosas irremediablemente perdidas y que, si la vida te da con una mano, con la otra te quita. Mi sensación de triunfo estaba por ello, en cierto modo, ensombrecida. Hasta ese momento yo pensaba que el futuro era una adquisición constante. Todavía no me había dado cuenta bien de que, para avanzar un paso por el camino de la realización personal o de la simple consecución de un objetivo, siempre nos desprendemos de algún bien que es, quizá, todavía más valioso.

Se celebró la fiesta, sencilla y emotiva. Los propios niños se habían ocupado de decorar la escuela con hojas y flores. Los padres enviaron dulces y pasteles. Una madre apareció a la hora convenida con un enorme cesto que contenía tazas y platitos, otra trajo una jarra de café envuelta en gruesas servilletas para mantenerla caliente. Había un representante del consejo escolar. El herrero del pueblo, que era el presidente, retorciéndose una y otra vez las manos estropeadas por el yunque, dio un pequeño discurso que tal vez estuviera preparado, pero que pareció espontáneo en ese momento. Decía que la enseñanza personificada por la juventud había encontrado pocas veces el camino hasta su pueblo, pobre y demasiado apartado; que en más ocasiones de las que les correspondían les habían llegado maestras ya mayores, sin duda con su valía, pero a veces demasiado severas o que para entonces habían tirado la toalla, y que, por una vez que había venido aquí una «jovencita», había que estarle agradecido porque la juventud dejaba al menos tras ella, casi siempre, una chispa. Yo lo escuchaba sobrecogida, con el alma acongojada, pensando más bien en mis torpezas sin nombre que en aquella chispa que se suponía que había transmitido a cada uno. Mis niños, por su parte, se dejaron llevar y me hablaron todavía más directo al corazón. Una pequeña, en un arrebato espontáneo, vino a colgárseme del cuello llorando:

—¿Qué va a ser de nosotros ahora que se va?

—¡Pero bueno! —dije yo besando a mi pequeña alumna—, pues vendrá aquí otra señorita que a lo mejor os gusta más todavía.

—Ah —dijo ella como un gran reproche, cual si hubiera profanado el sentimiento de exclusividad que cualquier amor contiene—, ¡menuda respuesta!

Estaba claro que me alegraba de dejar tras de mí añoranzas y pena. De hecho, no he causado en mi vida tanta pena en ningún sitio. Era como si aquel lugar del mundo hubiera de ser para mí el de la solidaridad más desgarradora. Al agacharme para abrazar a la pequeña que lloraba, tuve que reconocer que estaba buscando en ella consolarme de no tener que consolar la pena de otro niño. Todo el día, incluso en los momentos en los que más acompañada estuve, tal vez sobre todo en esos momentos precisos, había estado acechando a lo lejos en la llanura ahora verdecida la aparición de un joven jinete acercándose a todo galope. Por no enfadarme con Médéric, me decía que seguramente era su padre el que lo retenía, volviéndolo ahora contra mí.

Llegó el momento de separarme para siempre de aquellos niños que había tenido junto a mi alma como si hubieran sido míos. ¡Pero qué estoy diciendo! Eran míos y siempre lo serían, incluso cuando me hubiera olvidado de sus nombres y sus caras; serían parte de mí misma tanto como yo lo sería de ellos, en virtud de la fuerza de posesión más misteriosa que existe y que a veces supera los lazos de sangre. ¿Iba a ser mi vida este desgarramiento continuo hasta llegar al final a algún tipo de apego duradero?

Abracé a pequeños y mayores e incluso a algunos padres llevados por la emoción del momento. Una madre, después de haberme agradecido el progreso conseguido por sus hijos, me felicitó a continuación por haber sabido «deshacerme hábilmente» de Médéric Eymard antes de que se convirtiera en «la manzana podrida que echa a perder el cesto entero». Yo la miré con tal desaprobación que ella me devolvió la mirada a su vez con sospecha. De haber podido, me habría retirado los cumplidos que me acababa de hacer. Y eso fue en realidad todo lo que se dijo aquel día sobre Médéric. Como si hubiera caído sepultado vivo en el más profundo de los olvidos.

Me quedé sola. Me senté a mi mesa por última vez. Contemplé las paredes, los cuadros, el sitio de Médéric y, más allá de las ventanas, el horizonte infinito. Luego me marché. Cerré con llave mi pequeña escuela rural. Al pasar, dejé la llave en casa del secretario del consejo escolar. Vio que estaba a punto de llorar. Fue como si aquello lo ofuscara:

—¿Está usted loca? Echar de menos un agujero como este cuando tiene la oportunidad de dirigirse hacia un buen puesto, en la ciudad, entre la gente civilizada… De hecho, uno o dos años más con nosotros, y habría comenzado usted a parecérsenos. El fervor, la llama, no son cosas que duren. La vida enseguida los sofoca como se sofoca un fuego de pradera.

¿Entonces lo único que yo había sido era un fuego de pradera?

Al día siguiente, algunos niños acudieron a la estación para volver a despedirse de mí. Aquello me llegó al alma, pero, en cierto modo, me afligió más todavía, porque al primer vistazo me di cuenta de que Médéric no estaba.

Me asomé a la ventanilla del tren que se ponía en marcha y vi aquellas siluetas pequeñitas y frágiles, tan menudas, recortadas contra el cielo de allí, dirigiéndome esos gestos mucho más grandes que ellas, como a alguien que se aleja de la orilla. Viendo a los delicados niños empequeñecerse a ojos vistas en el andén del infinito, me pareció que los estaba abandonando, que los silenciosos y monótonos espacios abrumadores, vastos como eran, empezaban ya a cerrárseles encima para aislarlos por completo, mis pobres niños desamparados. Sin duda hay que haber sido maestrita de escuela en uno de esos pueblos medio muertos de la llanura para comprender lo que yo sentía, la sensación de influir increíblemente en los niños, la embriagadora seguridad de dejar en sus vidas un recuerdo que nada podría borrar, pero también el desasosiego de la separación, aquel nudo tan fuerte de pena que me parecía imposible que fuera a deshacerse jamás para permitirme al fin respirar. Atenta a aquellas pequeñas siluetas ya casi indistinguibles, no pude evitar acordarme de repente de otro niño, taciturno este, detenido tal vez en algún lugar del llano para contemplar desde lo alto de una colina el paso del tren que me llevaba y alegrarse de ello. La felicidad de sentirme querida por mi clase perdió entonces, para mí, casi todo su valor. Imagino que hasta el último momento había estado esperando una palabra, un gesto de Médéric que me asegurara que no se había desecho tan fácilmente de la influencia que había tenido sobre él.

Casi al momento de haber tomado cierta velocidad, el tren llegó al extremo de un pueblo y se detuvo allí. En ese punto se unía a la vía principal, tangente a esta, la corta línea lateral construida expresamente para el pueblo vecino. El jefe de tren se bajó, tomó de una caseta de herramientas una barra de acero con el extremo curvo y la utilizó para hacer el empalme con la línea secundaria. A continuación, devolvió la herramienta, se subió al tren y allá que fuimos de nuevo, marcha atrás hacia el pueblo vecino, que nunca había perdonado a la Canadian National Railway que hubiera de llegarse allí por el vagón de cola. Consideraba la afrenta tan grave que estuvo mandando peticiones una tras otra para que su tren llegara, como el de todo el mundo, con la cabeza por delante. Yo me había reído para mis adentros e incluso en voz alta cada vez que me había tocado pasar por aquel pueblo tan resentido, pero esta vez ni siquiera me entraron ganas de sonreír.

Solo estuvimos allí tres o cuatro minutos, el tiempo de recoger a un pasajero y varios paquetes, y nos volvimos, ahora de frente. Apenas observaba distraídamente el campo raso sin embargo tan atractivo, con sus innumerables florecitas de todos los colores que, hacia finales de junio, hacen de esta región, en otras épocas del año común y corriente, uno de los cuadros más delicados del mundo. Mi pensamiento estaba en otra parte. Y de repente fui asaltada por el recuerdo de que aquel camino de tierra que estábamos bordeando, paralelo a la vía, era el mismo que Médéric y yo habíamos recorrido en berlina a través de los vientos desencadenados. Hoy estaba absolutamente tranquilo y, sin embargo, para mí era como si siguiera impregnado de los silbidos y los acentos apasionados de aquella tarde impetuosa. Volví a ver al Médéric de esa noche, con el rostro en tensión, asombrado, maravillado, tal y como me lo reveló el cristal del farolillo. Ahora, agitada por los movimientos del tren, la imagen me precedía, inscrita sobre el telón de fondo de las humildes flores esparcidas por los campos de trigo joven o de avena. Y aunque sin duda alguna no había sido nunca mi intención alentar el amor incipiente de Médéric, en aquel instante me percaté de que me daría mucha pena saberlo completamente muerto. Después de todo, qué podía querer yo sino que me adoraran a distancia, como una buena estrella que guía a través de la vida; ¡si no era más que una niña yo también!

Por fin llegamos al enlace con la línea principal. El jefe de tren descendió y tomó de la caseta la herramienta de empalme. Fue entonces, al levantar la mirada por última vez hacia aquel lugar, cuando distinguí a Médéric cabalgando a rienda suelta a lo lejos en la llanura, medio acostado sobre su caballo, el gran sombrero echado hacia atrás, bailándole en la nuca. El niño vestido exactamente como el primer día que lo vi, el caballo blanco de crin negra ondulante, el vasto país vacío alrededor, así se compuso para quedárseme grabada en el alma, casi idéntica a la de la llegada a la escuela, la última imagen que tendría de Médéric.

El jefe de tren ya había empalmado la vía. Guardó la herramienta, cerró la puerta de la caseta. Dio la señal de salida al mecánico, que esperaba con la cabeza fuera de la cabina de la locomotora tomando el aire. Saltó a la parte trasera del tren. El pequeño convoy se volvió a poner en marcha. Médéric se acercaba. Yo lo ayudaba imaginariamente con toda mi alma para que nos alcanzara. Entonces lo vi desviarse para cortar una curva que tenía que describir el convoy. En la parte delantera de la silla me parecía distinguir algún tipo de objeto que protegía con la mano y que creí, no sé por qué, que me estaba destinado. Médéric logró adelantarnos. Cuando el tren terminó de rodear la curva, lo vi esperándonos en lo alto de una pequeña loma. Había detrás de él una inmensidad de firmamento tan grande como jamás he visto en ninguna otra parte. Médéric empezó a buscarme ávidamente con la mirada. En aquellos tiempos, en verano, se viajaba en tren con todas las ventanillas abiertas. Enseguida localizó mi rostro medio asomado. Levantó en alto lo que llevaba en la mano, lo hizo girar dos o tres veces para darle impulso y, con un movimiento seguro, me lo lanzó por la ventana directo a mis rodillas. Era un enorme ramo de flores del campo, ligero sin embargo como una mariposa, que apenas se mantenía unido en su gracia dispar y que, a pesar de todo, aterrizó sobre mí sin deshacerse, abriéndose solo un poco para revelar unas corolas frescas todavía por el rocío. Jamás había visto yo reunidas tantas florecillas del campo. Eran sin duda de los prados de los alrededores, pero también había otras que solo se podían encontrar escondidas al fondo de refugios insospechados, como las habenarias que crecen en verano a orillas de los riachuelos a la sombra. Me imaginé a Médéric buscando desde por la mañana temprano en el sotobosque, en la tierra seca, en los humedales y hasta en las primeras pendientes de las colinas, para que no le faltara a su ofrenda la más mínima flor de la suave estación.

Nuestras miradas se cruzaron. Bajo el sombrero abollado, la cara me pareció atenta, seria y cariñosa como aquel día —¡hacía un siglo!— en que, hablando de las truchas del agua helada que se dejaban atrapar y acariciar, me había preguntado: «¿No es un misterio, sita?».

Mis labios formaron silenciosamente para él la única palabra que me venía al alma: «¡Ay, Médéric, Médéric!».

Él levantó en alto la mano en el cielo claro, con un gesto que parecía un hasta siempre. Gaspard saludó a su manera con dos grandes cabezazos impacientes. La siguiente curva me los arrancó definitivamente de la vista.

Dirigí la mirada al ramo que reposaba en mis rodillas. Estaba atado por un ligero cordel de hierba anudado con un lazo que impedía por un instante aún que se deshiciera. Me lo llevé a la mejilla. Embriagaba delicadamente. Evocaba el joven verano que, apenas nacido, comienza a morir de su fragilidad.

*Gabrielle Roy,
cronología
de una vida.*

22 de marzo de 1909
Rue Deschambault, Saint-Boniface (Manitoba), nacimiento de Marie Rose Emma Gabrielle Roy, hija menor de Léon Roy (1850-1929) y Mélina Landry (1867-1943).

1915-1928
Educación primaria y secundaria en la Académie Saint-Joseph de Saint-Boniface.

1928-1929
Estudios de Pedagogía en el Winnipeg Normal Institute. En la primavera de 1929, Gabrielle Roy enseña como maestra sustituta en el pueblo métis de Marchand, a unos ochenta kilómetros al sudeste de Winnipeg.

1929-1930
Ocupa su primer puesto de maestra titular en Cardinal, en la región de la Montaña Pembina, donde vive gran parte de la familia de su madre, los Landry. Su clase comprende alumnos de primaria de todos los niveles, cuya edad varía de los cinco a los quince años. Entre ellos, algunos llevan apellidos que aparecerán en *Los niños de*

mi vida, como Badiou, Du Pasquier, Lachapelle, Toutant y Cenerini («Cellini»).

1930-1937

Gabrielle Roy es maestra de primer curso del Institut Provencher de Saint-Boniface, una escuela masculina dirigida por los maristas cuyo director es el hermano Joseph Fink. Es titular de una de las *receiving classes*, destinada a los niños no francófonos, a quienes enseña únicamente en inglés. Aquí también, las listas de sus alumnos contienen nombres y apellidos que encontraremos en *Los niños de mi vida*: Vincento (Rinella), Clare (Atkins), William y Walter Demetriov, Tony Tascona, Nikolai (Susick). En cuanto a sus compañeras maestras, se llaman Anna (Marion), Gertrude (Kelly), Denise (Rocan) y Léonie (Guyot). En sus ratos libres hace teatro con la tropa del Cercle Molière y del Winnipeg Little Theatre, y escribe algunos textos que serán publicados en distintos periódicos.

1937

Durante el verano, ocupa un puesto temporal de maestra en la región llamada La Petite-Poule-d'Eau (Waterhen District), a unos quinientos kilómetros al norte de Winnipeg.

1937-1939

Estancia en Inglaterra y en Francia; estudios de Arte Dramático; viajes, publica artículos en *Je suis partout* (París) y en periódicos de Manitoba.

1939-1945

De vuelta de Europa, Gabrielle Roy se establece en

Quebec y vive de la venta de sus textos a distintos periódicos montrealeses, especialmente *Le Bulletin des agriculteurs*, para el que hace una importante serie de reportajes; en paralelo, comienza a escribir *Bonheur d'occasion*. Como debía viajar mucho para la preparación de sus artículos, vive primero en Montreal, luego en Rawdon y pasa largas temporadas estivales en Port-Daniel, Gaspesia.

1945
En junio, publicación en Montreal de *Bonheur d'occasion*.

1947
La traducción inglesa de *Bonheur d'occasion* (*The Tin Flute*) es elegida libro del mes por la Literary Guild of America (Nueva York); en junio, Universal Pictures (Hollywood) adquiere los derechos cinematográficos; en diciembre, la edición parisina de la novela obtiene el Premio Femina. Entretanto, en agosto, Gabrielle Roy se ha casado con el doctor Marcel Carbotte, y en septiembre es recibida por la Société royale du Canada.

1947-1950
Gabrielle Roy y su marido viven tres años en Francia; residen unos meses en París y luego se instalan en una pensión burguesa de Saint-Germain-en-Laye; Gabrielle pasa temporadas en Bretaña, Suiza e Inglaterra.

1950
Publicación en Montreal de *La Petite Poule d'Eau*; el año siguiente, el libro se publica en París y la traducción inglesa (*Where nests the water hen*), en Nueva York.

1950-1952

Al regresar de Francia, Gabrielle Roy y su marido se instalan primero en LaSalle, a las afueras de Montreal, y luego en la ciudad de Quebec, donde vivirán hasta el final de su vida.

1954

Publicación de *Alexandre Chenevert* en Montreal y en París; al año siguiente, se publica la traducción inglesa con el título de *The cashier*.

1955

Publicación en París y luego en Montreal de *Rue Deschambault*, cuya traducción inglesa (*Street of Riches*) aparecerá en 1956 obteniendo el Premio del Gobernador General de Canadá.

1956

Premio Duvernay de la Société Saint-Jean-Baptiste de Montreal.

1957

Gabrielle Roy adquiere una propiedad en Petite-Rivière-Saint-François, donde a partir de este momento pasará todos sus veranos.

1961

Viaje a Ungava y a Grecia con su marido; en otoño, publicación en Montreal de *La montagne secrète*. La edición parisina y la traducción inglesa (*The hidden mountain*) saldrán el año siguiente.

1964

Estancia en Arizona durante el invierno, donde Gabrielle Roy asiste a la muerte de su hermana Anna.

1966

Publicación de *La route d'Altamont* y de su traducción inglesa (*The Road Past Altamont*).

1967

En julio, Gabrielle Roy es nombrada Compañera de la Orden de Canadá.

1968

Doctorado honorífico de la Université Laval.

1970

En marzo, viaje a Saint-Boniface para acompañar a su hermana Bernadette en su lecho de muerte. En otoño, publicación de *El río sin descanso* y de su traducción inglesa (*Windflower*).

1971

Premio Athanase-David del Gobierno de Quebec.

1972

Publicación de *Cet été qui chantait*. La traducción inglesa (*Enchanted summer*), publicada en 1976, obtendrá uno de los premios a la traducción del Conseil des Arts du Canada.

1975

Publicación de *Un jardin au bout du monde*. La traducción inglesa (*Garden in the wind*) se publicará en 1977.

1976

En primavera, publicación de un álbum para niños, *Ma vache Bossie.* Retirada como tiene por costumbre en Petite-Rivière-Saint-François, Gabrielle Roy consagra el verano a terminar un nuevo libro comenzado uno o dos años antes, que se convertirá en *Los niños de mi vida.* El manuscrito final estará listo en noviembre.

1977

En septiembre se publica *Los niños de mi vida,* que obtiene el Premio del Gobernador General de Canadá la primavera siguiente.

1978

Premio Molson del Conseil des Arts du Canada; publicación de *Fragiles lumières de la Terre,* cuya traducción inglesa (*The fragile lights of Earth*) aparecerá en 1982.

1979

En invierno, publicación en Toronto de *Children of my heart,* traducción inglesa de *Los niños de mi vida.* En otoño, publicación de un segundo álbum para niños, *Courte-Queue,* que obtendrá la primavera siguiente el premio de literatura infantil del Conseil des Arts du Canada. La traducción inglesa (*Cliptail*) aparecerá en 1980.

1982

Publicación de *De quoi t'ennuies-tu, Éveline?*

13 de julio de 1983

Gabrielle Roy muere de un infarto en el hospital Hôtel-Dieu de la ciudad de Quebec. Su autobiografía,

La Détresse et l'Enchantement, será publicada al año siguiente.

TERMINÓSE
DE IMPRIMIR ESTA
EDICIÓN DE *LOS NIÑOS DE
MI VIDA* EN LOS TALLERES DE
IMPRENTA MUNDO EL 29 DE JUNIO
DE 2024, 124 AÑOS DESPUÉS DEL NA-
CIMIENTO DE SAINT-EXUPÉRY, AU-
TOR DE *EL PRINCIPITO,* SÍMBOLO
PURO Y UNIVERSAL DE TODOS
LOS NIÑOS Y NIÑAS DEL
MUNDO.

el río
sin descanso

de Gabrielle Roy
Traducción de Luisa Lucuix
Prólogo de Katixa Agirre

978-84-18918-61-2
304 páginas
22,90 €
Edición 10.º aniversario
de Hoja de Lata

Elsa es una joven inuit que vive a las afueras de una pequeña ciudad de blancos en el norte de Canadá, a orillas del
río Koksoak. Una tarde, un soldado estadounidense de la
base militar cercana la fuerza torpemente tras unos arbustos. Nueve meses después nace Jimmy, un angelito rubio
de ojos azules y milagrosos tirabuzones que causa una au-
téntica conmoción en el poblado. Completamente volcada
en su hijo, Elsa navega en una maternidad sin rumbo y a
la deriva, como la de su propio pueblo, que ni el amor más
puro ni el tesón más firme parecen capaces de enderezar…

«Siempre cercana a los desfavorecidos y olvidados, la obra
de Gabrielle Roy se inspira en la belleza salvaje de los vastos
paisajes canadienses.» **PABLO BONET,** *InfoLibre*

CARTAS
DE ELINORE

de Elinore Pruitt Stewart
Traducción de Laura Salas
Prólogo de Manuel Hidalgo

978-84-18918-60-5
320 páginas
23,90 €
Edición 10.º aniversario
de Hoja de Lata

En 1909 Elinore Pruitt Stewart, una joven viuda con una niña pequeña, decidió romper con todo e irse a las agrestes montañas de Wyoming para probar suerte como pionera. Testimonio de esa nueva vida son estas maravillosas cartas en las que la autora, feliz y asombrada por cuanto la rodea, narra su día a día. *Cartas de Elinore* reúne sus cartas completas, convertidas ya en un clásico de la literatura norteamericana de la frontera. Un canto a la naturaleza y al apoyo mutuo en una comunidad de gentes hechas de pasta dura.

> «Termino de leer un libro, este libro, y me siento reconciliada con la vida. […] un optimismo, una vitalidad, tan fuerte que al cerrarlo una tiene la sensación de que todo lo que se proponga con trabajo será posible en esta vida.»
>
> Izaskun Legarza, Librería de Mujeres de Canarias